U0931512

倫日央的三十前書

河加唱 著

獻給

如今，即將，或曾經

於三十面前怔忡不定的同代人

倫日央的三十前書
作者／河加唱
責任編輯／卓希雪
美術設計／陳詩韻
出版發行／突破出版社
香港沙田亞公角山路 33 號突破青年村
電話：2632 0000　傳真：2632 0388
電郵：breakthrough@breakthrough.org.hk
網址：http://www.breakthrough.org.hk
http://www.btproduct.com
承印／陽光（彩美）印刷有限公司
2024 年 8 月初版 1 刷

L Before Thirty
by Ho Ka Cheung
First Printing, First Edition, August 2024

Printed in Hong Kong
ISBN 978-988-8846-12-2

誠邀閣下就突破出版社的書籍發表意見

歡迎加入突破出版社 Facebook page — http://www.facebook.com/btbooks.page

本書採用環保油墨印刷

人文價值

或坐在巨人的肩膀上，或呷一口書香，讓我們的生活漸次提升，讓眼界更見遼闊。

目錄

推薦序

Gabriel，前獨立書店 Hiding Place 店主

《倫日央的三十前書》的出版，讓我一直翹首以待。好的作品自有話說，其實我不必多言。我鼓勵你跟我一樣，直接了當，躍進小說主人公的世界。即使你此刻不躍進去，《倫日央的三十前書》內的每一粒字已經準備好，在幾頁之後，手牽手，跳出白紙，激活你疲憊的兩眼，紓解你紛亂的思緒。當你選擇暫時放開各式各樣的束縛，仔細翻閱每一頁，字裏行間散射的柔光，必能穿透你生活中的層層迷霧；尤其是在三十歲大門前躊躇踱步、卻又始終需要跨進去的你。

「**與其為着構思完美的句首而糾結，徒勞無功，倒不如把想法如實寫出來，直接了當。**」既是主角倫日央在地鐵車廂搖晃中的頓悟，也是全書第一句話——本屬主角的心聲，卻暗藏玄機，似是交代作者自己的考量，指向《倫日央的三十

前書》誕生的因由。

還記得，二三年年頭的某日，在油麻地一家咖啡廳，河加唱跟我說他正在寫一個故事。他沒有具體說明故事關於什麼，只告訴我他在寫主角經歷的第一天。然後幾個月後的某一日，他跟我說，在寫第二天，差不多要完結。我問他打算寫多長，他說計劃總共寫三天，但實際長短要視乎故事的發展和走向。我當時已萬分期待拜讀他的處子作，結果終於等到他傳來初稿，讓我既激動又興奮。不久之前，聽到他的作品即將出版的消息，知道將會有更多人能分享我的喜悅，激動興奮以倍數增加。

或許是源於作者自身的經歷、日常的操練，他才會如此率性、溫柔，視創作如種植，藉着施肥、澆水、整土、修剪，叫情節自行開枝散葉；又如育兒，透過牽手、攙扶、陪伴、守望，最終叫角色走出自己的速度與步伐。所以，與其說《倫日央的三十前書》是作者十年磨一劍而得的霜刃，不如說是他經年累月地觀察、思考，加上挖掘自己的生命，有血有汗的成果。河加唱以清新秀麗的文筆，恰到好處的張力，理性與感性雙軌並行，用蒙太奇手法，展現我城青年三十歲前的日常，描寫生活的質地，訴說成長的真相，不落俗套，亦不失趣味。透過刻畫中學教學助理的辛酸史，書寫上班族無以名狀的鬱結，作者反省工作，探索人性，質問制度，解剖這一代人的怕和愛，思考信仰，並致敬文壇前輩。同時他也間接挑戰讀者，是否甘於被生活巨輪輾壓，消耗一個又一個最青春的明天。

倫日央三天的生活，明明平淡卻曲折，明明普通卻失常。第一天的挫折未必比第二天的軟弱好受，第二天的等待又未必比第一天的苦難好過，但只要有第三天，只要能活着，命運就能改寫。我想起主耶穌第三天復活前，那受難的聖週五，那沉默的聖週六，無比錐心，無比難過，卻為即將發生的復活披上無比的榮耀。

這故事始於地鐵車廂。如果將人生比喻為搭乘列車，在到達下一站前，在下一個十載之前，我們或者可以試着抬起頭，夥同身邊的旅伴欣賞四周的風景，正如周耀輝為盧冠廷新作《列車上對着坐的兩個人》填的詞，「懷着信念和愛／將飄出千色雪花／別了都可再見／將風光全部記下」，讓前面的「第三天」綻放原本的光芒；我猜，這也是作者所願。

二零二四年三月三十日（聖週六）

推薦序

梁柏堅，突破機構副總幹事

收到 Edgar 張浩嘉的小說《倫日央的三十前書》打開一讀，主角倫日映彷彿從紙頁彈了出來——這個有點像我認識的 Edgar 啊。

不過老實說，我跟 Edgar 並沒有相熟到這個程度，熟到可以一眼就能認得出來；甚至乎，這個角色是否真的有如作者本人，我相信我也不是最適合評斷的人。我跟 Edgar 相識，是始自某年九龍城書節的地攤。

那是一個百花齊放、自由如綠的年代，每年年底，在九龍城的香港兆基創意書院的校園，那裏都聚集了許多鍾情於文化藝術的年輕人、藝文工作者，擺地攤、辦講座，分享對手作、創作、文化的熱愛，置身其中，自然就沾染一身文化氣息；看着他們眼中透現的熱情與憧憬，你會對下一代的藝文想像充滿期待。

Edgar 是中學老師，一起在九龍城書節擺檔賣舊書的，還有同事 Gabriel。他們二人不單在學校一起搞宗教週，自掏腰包買書來送給學生，更把書信往來的對話結集，出版了《兩城相信：致不甘絕望的你》，把說近況談理想的真誠真摯一一寫下，有種老派友誼的情懷。這種對文字的熱愛、對關係的堅持，面對過去的歷史，面對人生的轉折，面對未來的希冀，內心會有怎樣的百折千迴？《倫日央的三十前書》這本小說，也許是 Edgar 稍稍透現這種心境的一個側寫，又或他心中某個自我的側面。

故事主角倫日央是一個個性猶豫的青年，夢想成為作家，在中學任職教學助理。面向三十歲前的成長關口，他思前想後，糾結於工作意義、親密關係的追尋，回想起成長歷史的牽纏，正如書中一再重複的鑰句：「**與其為着構思完美的句首而糾結，徒勞無功，倒不如把想法如實寫出來，直接了當**」，他在這關口前踏出了一小步，展開了後來的故事。

行出一小步，看似容易，但對倫日央這種不斷出現內心小劇場、不斷察看事物微細變化、不斷翻來覆去的人來說，這一小步也許比太空人登月那一步更大。

人生不會因為踏前一步就會忽然變得一帆風順，但這一步的力量，卻足以讓人看見轉角處的新世界——例如與女主角植杏同的相連。

至於故事如何，無謂劇透，還請自己閱讀。

青年人的成長，是從依存於父母的照管底下，邁向獨立自我的成全；是從父母屋簷之下，轉到宇宙穹蒼、天地萬物之間。追求理想，追尋人生在世的存在意義，同時也是在這個世界實現自我的過程。倫日央的故事，雖然只是虛構，卻透現許多初職青年的影子，以及他們所面對的困境。大學畢業，年近三十，還在做着支援性質的工作，受着職場內上司無謂的情緒發洩，領着微薄的薪水，在有限又侷促的環境內凝視追求理想的瞬間。

然而，理想是什麼？對倫日央來説，這並不容易説清。大概一説出來，他就有千百個自我否定的質疑尾隨在後。如果倫日央平庸一點，思想簡單一點，讀書成績差一點，他也許會像許多人一樣，跟隨社會最流行的人生劇本，活出千人一面的人生。

《倫日央的三十前書》是一個與過去的糾纏道別、與未來的期盼約定的故事，在彼岸和此岸之間，那種矛盾與忐忑，Edgar 都有很細緻的描寫，讓人讀到有點想衝進故事跟倫日央碎碎念的衝動。

也許我們身邊都有這樣的青年朋友，也許我們會急不及待打斷他們的猶豫與糾纏，幸好這是一本已寫下來、不會被我們的無禮打斷的小說，幸好 Edgar 透過故事把這種不容易坦白呈現的內心世界展露出來，讓我們可以耐着性子，練習聆聽，也從小說故事中，感受這一代人迎向未來的心境。

就是那時我起了這個念頭：我可以寫一本小說。
這個念頭就像突然從天而降的啟示，沒有理由、無從解釋。
那只是突然湧現的一個念頭，一種想法。
我可以啊，時機已經成熟了。

——村上春樹，摘錄自《聽見 100% 的村上春樹》

4月7日 星期五

地鐵・血液・餐廳

與其為着構思完美的句首而糾結，徒勞無功，倒不如把想法如實寫出來，直接了當。倫日央發呆的一刻，正在地鐵車廂中搖來晃去，突然便想通了。

開始的時候總會遇上阻力，他老是想。無論做什麼事情，第一步總是提不起勁來，第二步自然從來未存在過。腦袋起初的一絲念頭，無論冒升的勢頭有幾急猛，由於種種阻力，通常都無疾而終。

就拿去年年頭為例。明明立心要增磅，把長期維持在一百一十八磅至一百二十磅的體重提升，為單薄的骨架增潤氣色；到頭來，左思右想後，計劃未開始便又放棄。

「吃多了不是加重了開支壓力嗎？胖開來收不回怎算？吃了又瀉還不是打回原狀？那不成了浪費食材、破壞生態平衡的幫兇？」

到頭來，他的體重還是維持在一百一十八磅至一百二十磅之間，由十八歲開始，直到如今，徘徊在窄幅上落，十年了。

類似事例比比皆是。於是乎，接近十年，足足十年，他再沒有新的嘗試。他的生活，跟他的體重一樣，只有窄幅上落，了無起色。

直到那一刻，電光火石之際，他看到車廂上方電子新聞板顯示：「本港著名作家西西今早心臟衰竭辭世，終年八十三歲」——嘎嘎嘎——路軌傳來刺耳的尖音，他用來掩耳的手沒空握緊扶柄，搖來晃去的地鐵車廂把他摔向一旁，他便突然想通了。

他終於鼓起勇氣，寫出頭一句，就是車廂向他宣佈西西辭世的那天。

星期一至星期五，每早上，差不多相同時間，他都在幾乎一式一樣的地鐵車廂出現。都是第4至5卡車。都是行駛方向靠左近門位置。都是挨着玻璃隔屏。都是背包抱在胸前。都是手機托在背包上面，花十五分鐘瀏覽當日的新聞摘要。

一個典型上班族的旅途，從此開始。

都快要二十九歲，好好歹歹，有份正經工作。每個早晨，他從一個月台踏入列車，穿越五個站口，又從列車跨進另一月台，再花十分鐘腳程，到達工作的中學。離開家門起計，前後不過一個小時，便彷彿換了世界。不只一次，他經過校門時，仍然聞到不久前刷牙的薄荷味道，磊磊落落印在自己的牙齒上。淺睡遺留下來的夢境，還隱隱約約在腦袋後方。

他要成為作家的夢，遠在高中時代已經萌芽，在大一時益發脹熱得不可收拾。他開始投稿到各大報章，起初是副刊專欄、藝文版之類，希望擠身名家行列，在方塊天地中，佔同一個版面，跟文壇前輩平起平坐。結果石沉大海。不甘心，他後來退而求其次，二三線報刊也看上，學生雜誌也不放過，甚至食評、娛樂百卦、時尚品味都試過，就是沒有刊登的機會，連正式的退稿通知都沒一句。

中文系那四年，到頭來，除了一堆生砌活拼的學術論文，為他換來一紙證書，其餘都好像白過了。

最後作家做不成，倒回流到中學校園工作，連個正規中文老師都當不成，只落得一個中文科教學助理的職位。為糊口，他只能夠把無以名狀的鬱結，死氣吞下，若無其事。

兩年有多，他循同一條路徑，過同一種生活。

也不是說他完全放棄了對生存的動力。至少，他在工作崗位上仍然克盡己任。若不，他又怎會爭分奪秒，每早晨在地鐵車廂中，把握僅有的十五分鐘車程，壓抑着閉目養神的誘惑，寧願為工作，硬生生地把各大新聞頭條塞進眼睛。

科主任給他的任務，他絕對不敢輕率。一返回教員室，他便被吸進工作間的巢穴，面積廿五寸乘廿二寸，稍比學生桌鬆動，還帶點和風——像拉麪店一人一格的獨立空間。連早餐都無暇顧及，空着肚皮，他馬上從背包抽出自攜的手提電腦，讓指頭縱橫鍵盤，模擬一場未醒透的夢遊症，為校園主打日常活動，準備即日鮮的十道精巧題目。

一口氣唸出活動名稱，的確架勢非凡：「全民悅讀之焦點時事暨飛躍中文獎勵計劃」。

這類厭惡性工作，正規中文老師當然嗤之以鼻。晨光乍現，在尚未熱鬧的工作間，誰不想第一時間可以先沖調咖啡，伸個懶腰，慢嚐早餐，以極悠閒的步伐展開勞動的序幕，將電視廣告裏的幻想付諸現實？誰又會享受每早被報章新聞染得滿身俗氣，被迫拋掉心目中的理想國？無奈職責所在，他唯有嘗試苦中作樂，企圖在窄小的空間裏大展拳腳，盡一切可能延續他日漸渺茫的寫作夢。上一次，因為想出一道題目，讓超過半數高中生捉錯用神，他竟然沾沾自喜：

——「近日，春秧街多了商販以出奇不意的方式，佔用行人通道，導致繁忙時段出現人流擁塞，引起該區市民強烈不滿。」試從句中找出錯別字。

而要數他的代表作，可以說是這一道：

——「以下哪項為西九龍最新破呎價紀錄樓盤名稱？」

A. 凱•陸空　B. La Kowloon West　C. 好安居　D. 集綈薈3號

答案是那麼顯而易見，重點是，其他選項都各有笑點，學生原本不以為然，兩秒後全部心領神會，禁不住咧嘴大笑。他的文采起碼在刻板的上課天，為學生帶來一刻樂趣，讓學業壓力得以排遣，他覺得自己的工作總算有些貢獻。

但是樂趣是有代價的。就在那道問題曝光後，學生們好評如潮，老師之間茶餘飯後多了話題，他卻即日被身兼學務處主任的高副校傳召。問話氣氛比想像中平和，副校長室沒有傳出叫罵和拍枱的聲音，只是一個口水花噴過不停，另一個只一直低下頭。

「簡單來說，嗯，就是選材和用字要更有分寸。這一點，嗯，你應該要好好掌握，盡快掌握，持續掌握。」

言談間，他一邊思考最後幾句短語的實際意義，一邊嘗試給事件推測最可能的解釋：高副校應該買了該地段樓花，因而受不了未來物業成為訕笑的對象，真金白銀受到侮辱，才會惹來特別大的反應。

他感到自己無辜吃了一記悶棍，又隱約承認有什麼地方欠缺「掌握」。無論如何，從此他的這個任務多了一重關卡，所有題目及選項均要先經科主任過目。不但自由度低了，樂趣少了，科主任更因此給他擺臭臉，連續一個星期，事情才稍為丟淡。

滋、滋滋——電話震動起來，握在他手中，發出很低的聲頻，完全淹沒在列車刺耳的噪音當中。

「正在忙？」通訊程式傳來三個字。

「什麼？」他才寫完頭一句，思路便被打斷。電子顯示板的新聞消息他已經無暇理會，反應不來，只回了兩個字給對方。

「在準備全焦的題目？」全焦，即是「全民悅讀之焦點時事暨飛躍中文獎勵計劃」的簡稱。

「你怎知？」

「向後看看。」

他擰身朝向玻璃隔屏後的座位，植杏同的眼睛已經盯住了他，像一開始便盯住了他一樣。她彎彎眼睛，把手機舉起，熒幕上正是他們剛才的短訊內容，如一枚人潮中賴以相認的信物。

「原來你就是搭這班地鐵回校的？」

「我每早都搭這班車，上這一卡，站這個位置。」

「聽上去，這列車簡直是你的私人座駕。」

「是嗎？」

「送我一程吖。」她又把眼睛彎一下。

收在透明膠框的眼睛，不特別晶瑩，笑起來扁成一條線，但放到她的臉上，親和力就出來了。黑漆漆的及肩頭髮，襯在啞褐色的針織毛衣上，在車廂的冷空氣中輕輕搖曳，沒有一丁兒壓力和煩惱，讓人看得挺舒服。前一刻，倫日央還在用手機寫着一個突如其來的句子，回不過神來，稍為正眼看她，又跟着她肩上的髮尾看。

植杏同是英文組那邊的教學助理，比倫日央遲一年入職，上學年獲得校方續約。因為在外邊找不到更加合意的工作，她決定留在這裏多待一會，看看情況再算。兩人原本並沒有交集的理由，學校不同科組各自為政，一切運作自給自足，是天經地義的事。直至上次學校周年校慶，各科需要佈置攤位，向外展示教學成果，這種牽涉宣傳的工夫，當然落在語文科教學助理肩上。在完全缺乏支援之下，兩個助理自自然然走在一塊，互相交流辦法，務求完成任務。接近一星期密集式的跨科合作，捱更抵夜彼此照應，加上年齡、職位接近，不知不覺間，便成為對方校園中最信賴的戰友。校慶攤位順利完成當晚，兩人更相約慶功，吃了個植杏同最愛的台式火鍋。

就在那個晚上，他們由工作夥伴成為交心朋友。

「真巧。我正在想，會不會遇到同事或者學生，就見到你走入車廂。」

「你為什麼不立即叫我？」

「就看你會不會發現我。」植杏同在斯文的外形下，流露出貪玩的本質。

「我太專注手機了。」

「打從上車開始，你除了往上方電子顯示板瞄了一眼，其餘時間，都不停低下頭按電話。太醉心工作了吧，還是在玩無聊手遊？好從實招來。」

倫日央又想起正在寫的那句句子，答不上話。列車打開門，抽進一股新的空氣，再湧進新一堆乘客，車廂已經沒有剩餘太多空位。他留意到，距離目的地，不過是兩個站。

「你上次不是提過，你習慣坐巴士出入，怎麼今日在這裏出現？難道真想我送你一程？」

「今早出門收到交通消息，巴士慣行那段路有大塞車，便決定多走幾步轉搭地鐵。上次遲了回校已收到善意提醒，落了紀錄，不想再有第二次啦。」

「不怕地鐵也有事故嗎？」

「你這把烏鴉口！」

列車路軌又再傳來高頻的叫聲，車身拐彎時稍為震了一下，植杏同雖然留在靠邊的座位上，心裏還是禁不住慌了一下。

「十條題目預備好了嗎？上次被高副校教訓得夠慘了，要不要我幫你先審核審核，才交給你中文科主任過目？」

「有心啦。」倫日央只能苦笑，明顯仍很介懷上次那件事。

「我剛才讀到幾則新聞可以入題，不如等我幫你想想……」

「我剛才讀到西西走了。」

「西西？」

「香港作家西西。走了，剛才電子屏幕報道。心臟衰竭。」

附近幾個頭兒都沒有扭過來，耳朵都塞住五花八門的聽筒、耳機，根本沒有人在意這個消息。列車繼續前進，只顧自己在叫，不為所動。

「很傷心嗎?」

「沒有。可是，還是有一點，」倫日央把眼鏡托了托，望向眼前及肩的黑髮，找安慰一般。「像失去了一個老朋友。」

「你們中文系畢業的，感受應該會深一點。」植杏同很努力去想像、認同。

「如果有個英文作家明天要死了，你會傷心嗎?」

她毫無準備下成為詢問的對象，只好直接把想到的說出來。「傷心?我也不曉得。我懂的英文作家全都老早死光了，莎士比亞、福爾摩斯、卡夫卡，嗯，全都一早走了。」

倫日央頓了一下，像手機忽然失去網絡訊號，然後又接駁起來。「沒有一個在生?」

「或者有吧，我也不肯定。Anyways，我很久沒有讀英文小說了。」說完後她把耳邊的髮尾撥了一下，髮尾便蕩回原處。

卡夫卡也會用英文寫作嗎？福爾摩斯不是虛構人物嗎？倫日央決定放棄糾纏。

早晨上班上課的繁忙時段，人潮誇張到幾乎擋住視線，讓人的眼裏只看到另外一些人的頭髮，各式各樣的髮型。他們之間，原本只隔着玻璃屏幕，現在再多夾着了幾款頭髮，女的被迫筆直地坐回位子上，男的抱着背包側在另一邊。擠滿陌生人的流動密室，吹起一陣一陣的冷空氣，切斷了所有交流的可能。倫日央這才發覺，剛才的對話，不可思議地，在最不可能的地方，觸及了最不可能的內容。他忽然想起，收到植杏同的短訊前，正在寫的那句句子。手機上的記事簿打開來，他呆呆望着游標在句子的末端半閃半跳——

「如何續寫下去呢？」他心裏暗自嘀咕着。

廣播中傳來一堆耳熟能詳的宣佈，非常標準的兩文三語。四周的搭客像睡醒的蟲突然蠕動，迎接急速幻變的天地。一隻手從旁邊伸出來，抓住他的背包帶，把他從車廂的深處，穿過擁擠的空間，帶到空曠的月台。

到站了。

對於習慣獨來獨往的倫日央來說，這無疑是嶄新的體驗。他以為登車只有一種方式，他以為廣播只有一套腔調，他以為車輪碰擊路軌只有一個頻率，他以為這只不過是一萬個重複日子裏面的其中一天。他沒有想過，從熟悉的車卡中，他會以截然不同的步伐返回月台。他更加沒有想過，在地鐵車上會遇到植杏同，並且在遇到她之前，竟然寫出一句句子，發自內心，不從屬別人，不為工作服務，平凡得了不起的句子。

——與其為着構思完美的句首而糾結，徒勞無功，倒不如把想法如實寫出來，直接了當。

「讀上去好像很了不起，這個，嗯，但怎麼看都不似是『全焦』的題目吧？」他停在月台上正在細細地想，植杏同的聲音漸漸在他耳朵中放大，從模糊變得清晰，終於被聽到。

倫日央慌張得立即把電話塞進褲袋，差點鬆手掉到地上。「這個嘛……沒什麼特別……嗨，私隱呢，尊重一下好吧。」剛才胸前的背包又掛回背上。

「反正最後都公諸於世，有什麼私隱不私隱。」植杏同的腦海中，仍然把倫日央的所有都聯繫到工作上的事。「帶路呀。送了一程，還要帶路呀。」他眨了眨眼睛，看見現實中的植杏同，後面掛着個綠色布書包。

轉眼間，另一班列車快要駛進月台。他們明白很快又會有另一股人潮填滿月台，有另一陣囂鬧。趁這刻的平靜消失之前，好應該趕快撤離。遠處的行人電梯嗒嗒地和應着，距離學校上課的鐘聲只剩下廿五分鐘。一下子，時間比平常更加緊張，假如他在路上還想順道買份早餐的話。但這一刻，他開步走的時候，整個腦袋還在轉來轉去，重溫這個早上的事情，有種不可思議的感覺，差一點忘記身邊還有個人，也許同樣想着這個早上的事情。

* * *

印刷房長時間燈火通明，除了機器操作的聲響，還有一股特別的氣味，介乎濃烈和清淡之間，說不上嗆鼻，但實實在在不能不被察覺。他想像：一個龐大茂密的樹林，充滿大小形狀不一的葉片，單靠到處延伸的纖弱椏枝連起，通通散落在地，上面卻鋪蓋着濃稠的化學物，水泥白色的汁漿，埋沒所有顏色和生靈，滲漏神秘的氣息。

「每天留在這房間工作，會沾上這種味道嗎？」每次進入印刷房，倫日央都不期然想。

他走到比他高的層架前面，逐一掃視，要找出他負責的那幾疊材料。各科組的紙品在這裏打成一片，五顏六色都有，然而白色還是佔絕大多數。測驗的檔期快將臨近，老師設計好試卷，校對過，修訂好，敲定了，就交棒給教學助理，拿去印刷房大量印製。他現在的工作，還需要收集、點算、摺疊、派發，直到把印好的試卷順利交到各個任教老師手中，他這個任務才算告一段落。

其餘的，包括學生喜不喜歡試卷，考得是否得心應手，他可以不理。

每級大概百餘份試卷，一千頁紙張計十磅的話，初中合共三級十二班，大約便至少是廿磅的紙。他橫着兩條臂，承着可以負重的極限，向着教員室的樓梯向上爬，愈走愈吃力。連續幾回又上又落，把全部班別的試卷都送回教員室後，兩條臂瘦痛得好像不再屬於自己一般。

「需要幫手嗎？」植杏同在樓梯轉角碰上倫日央的時候，他的雙腿上上落落已經好幾遍，來到最後一轉，不停地喘着氣。汗水在衣領間，默默積累成淺淺的島嶼。

倫日央沒有作聲，瞄過去一眼，低下頭繼續走。

植杏同明白他只不過無力閒話，吸口氣便跟着他，三步當兩步直走到樓上，見到教員室的大圓枱才停下來。

「全都在這裏啦。」劇烈勞動過後，靜止了，額上的汗珠加快冒出來，像把握最後一次機會見見這個世界。

「早叫我幫忙嘛，我剛才算是閒着。」

「這些粗重工夫我應付得來。」

「應付得來？一定啦，看你鋼條身型。」

「很羨慕吧？」他忽然想起去年失敗的增磅計劃，感覺難免有點矛盾。

「哎呀！你看！」

正當對話的氣氛開始輕鬆過來，冷氣機的涼風把剛才還在飆升的體感溫度慢慢撫平，倫日央的聲線回復平日的速度和剛勁，突然間，植杏同反射作用地叫了出來。

「你看，你的臉怎麼這般嚇人！」

倫日央的臉色的確帶點紅潤，是走動後的自然現象。仔細一看，他的眉毛因為滲汗的緣故，蓋上一種變調的顏色，或者稍稍亂了形狀。但毫無疑問，他的臉側印出了一道斷續的血痕，就連他的恤衫前胸口袋旁邊，以至大圓枱上的部分試卷影印本，竟然都沾上了零星血漬。

「簡直是賣命工作的有力說明！有血有汗！」倫日央的身型單薄是單薄，但他絕對是能屈能伸的工兵型傭員，怪不得科主任死都不肯讓他輕易離開，一早便跟校長要求與他續約。

「你還有心情說笑？」

植杏同本身怕血，跌破膝頭之類的事，曾經發生在她身上，幾次都要擾攘頗長一段時間，造成小小的陰影。但見到倫日央的情況，她不知道哪來的勇氣，立即從自己的座位把酒精棉片、紙巾、透明膠布，通通拿過來，幾下手勢便預備好要動手幫倫日央療傷，這才發現，原來傷口並不是在臉上。

「原來割破了手指頭。」

「竟然自己都不知道，還擦汗擦得滿臉是血，」大圓枱附近，很多老師都正在課室上課，教員室人不算太多。植杏同儘管緊張得很，仍然儘量壓下聲線，以免驚動別人。「不說的話，人家可能以為你抱着測驗試卷，從樓梯頂摔下來，把頭都跌破。」

「真說的話，不知道有沒有工傷賠償？起碼有幾天病假，休息一下。」

「你想多了吧。」

超過半公分的傷痕，呈半圓的弧度印在倫日央的食指指頭，似乎切得相當深。他認真觀察傷口，才完全接收到應有的痛楚。植杏同用酒精棉片每抹一下，血色又重新透出來，沒完沒了似的，直至她最後用紙巾施壓在傷口上，半分鐘後，血才終於止了，指頭剩下粉色透明的痕跡，記載着紙曾經的傷害。

「不用膠布可以嗎？」

「好好保護傷口，要是細菌感染，可大可小。」

把膠布貼在手指關節位置是門學問。不留縫隙、不入水、不脱落，關鍵在於貼法，倫日央從來沒有留意過。但見植杏同用剪刀這邊一刀，那邊一刀，然後來一個大交叉貼法，像施了個小小的掩眼法，膠布便牢牢包緊了指頭。他屈起指節，膠布依然黏得穩固，絲毫沒有浮起或鬆脱的跡象。他心裏面不禁讚歎。

「好了。」

「謝謝妳。」

「但那個怎算好呢？」她示意大圓枱上的測驗卷，部分染了不應該出現的血色。科任老師收到一定會大吃一驚，更別説要送到學生手上，隨時引起不必要的聯想，刺激家長投訴，一發不可收拾。

「按着被弄污的數量，重新印製，不就解決了嗎？」

「説就容易。」

「目測不過是三四十份左右罷？」

「在這裏工作了一整年，難道你不知道嗎？凡經影印房的紙品，通通有學校紀錄。幾多張紙進來，幾多張紙出去，一目了然。試想想，無緣無故要多印幾十份試卷，多用幾百張紙，浪費額外資源，怎樣跟學校解釋？『真不好意思，我割傷了手指，流血了還到處摸，弄污試卷，所以要重印』──這樣荒謬的解釋學校會接受嗎？」

「聽起來的確比較像個惡作劇。」植杏同忍不住發出咯咯的笑聲，把凝重的氣氛稍為緩和。

「有其他法子吧？」倫日央漸漸覺得事態嚴重，一緊張，腦袋便轉不過來。

「那不如試試用白油？」

「白油？」

「就是塗改液之類的。」

「哪來這麼多塗改液？況且，現在人人都轉用塗改帶了。」

「或者白色顏料之類。我跟美術科歐陽太太算是認識，之前做英文科活動報告板，曾經向她借過美術材料，應該無問題。」

對於植杏同的好意，倫日央是完全知道的。這件事，本來就跟植杏同無關。他們不過是在樓梯轉角偶然相遇，她可以大條道理直行直過，無必要停下來伸手幫忙，更無必要犠牲自己的工作時間，留低為他療傷，留低為他想辦法，試圖解決一個帶點荒誕意味的處境。能夠在工作的地方，認識這位同事、朋友，倫日央忽然覺得自己非常幸運。

「還是行不通，」但他相信自己的直覺是正確的。「塗改液好，白色顏料也好，都有陣怪怪的味道，太容易察覺。測驗期間，全班學生逐一問起這陣怪味道，老師如何招架？況且白色顏料畫上去，跟紙張原有的白色有偏差，這裏一塊，那裏一團，不同樣是礙眼？再說，萬一美術室顏料質素不特別好，色料抓得不夠緊，掀過來翻過去，濃的變淡了，淡的脱落了，欲蓋彌彰，不是更引人注目？」

一連串的反問，植杏同根本無法回應。

下課的鐘聲響起來，是小息的時候。剛才在課室內拚命演出的老師，收拾起臉上戲劇化的表情，陸續返回教員休息室，坐一下，喝口水，待會兒再拚搏。大圓枱附近的人多了，有的到簿架那邊收集學生作業，有的到茶水間那邊添添水，洗洗杯，或純粹找一位相熟同事，閒扯兩句抖擻精神。按原定計劃，這個小息，倫日央理應把試卷分發妥當，送到初中級別的相關老師，交帶幾句測驗流程，如果沒有特別問題，便完成任務，剔去工作清單上的這個項目，再準備下個任務。看情況，他的清單進度遇到極大阻滯。

完全歸因於他指頭的鮮血。

但其實，血，不是平常不過的一回事嗎？他的腦海裏忽然提出疑問。皮膚原本是身體的保護層，手指被紙割破，保護層受損，皮下血管被撕裂，從而導致血液洩漏。小切口撕裂的只有靠近皮膚的小血管，於是只有極少量的血滴出來。深切口撕裂較多也較粗的血管，則導致更多的出血。生物機制使然，他身為受害者，切膚之痛，為什麼反而要膽戰心驚，像做了虧心事？學校花王照顧園圃給樹枝刺傷，把血濺到泥土或者花瓣，他會感覺罪疚嗎？學生被凹凸不平的地磚絆倒，把血擦到校服袖子或者枱邊，應該像觸犯校規一樣難受嗎？如果答案是否定的話，倫日央的擔憂是從哪裏來的？流血本來是生活的一部分，每日體育課少不了各式各樣的傷患，不是流血就是碰瘀，不是碰瘀就是扭傷。籃球場、短跑徑、更衣室，司空見慣的情境，放到他的身上竟然成為失職的惡行。又或者，他的彌天大錯在於，血液象徵着一種原始的蠻勁，一股駁雜的亂流，不該以暴力的姿態強闖白紙的純真，有若搗爛知識的神聖殿堂。是的，作為生命的源頭，這腥紅的體液，同時也蒙上了壞名聲，讓人避之則吉。然而，科學實驗室內的牛眼和豬心臟，它們在學生手中涓涓滴落的血水，本質上不就是同一回事嗎？為什麼在那個地方可以成為傳遞知識的器具，被爭相擁戴，被親近被高舉被微觀，甚至帶着氣味寫進單行本上的實驗報告，但在倫日央的手上卻是冒犯，被摒棄？然後，他忽然記起，夾在影印複本裏面，有屬於中三級的試題，而夾在中三試題裏面，有屬於魯迅的文字。

魯迅本來行醫，註定每天要跟血液打交道，後來棄醫從文，要改造社會，搶救同胞的靈魂，換了跑道，與文字摔跤，斟詞酌句，每日鬥得難分難解。雖未至於弄到頭破血流的地步，但那種勁度隨時更加宏大、悲壯：一個執拗的想法堅持住，文句擰鬆了通順了，便足以點化一個愚頑的腦袋，贏得一個命運的重生。

要是精神懦怯了，無法誠實磊落，屈服一個句子，便通盤失守，白白輸光每個可能。他完成幾多個短篇，他就活過了幾多場戰役，保住了自己的血脈和良心。其中他寫了一個短篇，篇名為《藥》，裏面有血。裏面有鮮血，被無知的民眾，拿去製成饅頭，去醫治癆病。倫日央忽然記起，中三級被要求熟讀的，正是這個短篇。他們稚嫩的腦袋，被拉進魯迅的荒誕想像，接受挑戰去拗開染血的包子，在白呼呼的蒸煙中，看裏面注進什麼，又取出什麼。魯迅為他們度身訂造的考核標準，就只一個，就在於他們是否看得出血裏面藏納的迷信與虛妄。魯迅的文字就這樣夾帶在試卷裏面。倫日央在想，既然在他面前的影印本，最後在學生面前打開，全都是一顆顆等待檢驗的血色饅頭，他割傷的指頭把血染在上面，豈不是上佳的點綴，為一個個稚嫩的心靈提燈引路？他為什麼反而要膽戰心驚，像做了虧心事？

無數個想法翻來覆去，像狹小的房間內席捲起十級颶風以後，他回望堆在大圓枱上的試卷，附着他自己的血印，斑斑駁駁逐漸乾涸暗掉，還是想不到一個解決辦法。

「你無事吧？」植杏同拍拍他的膊，然後指向他背後的不遠處。「太遲了。你的科主任剛回來，正愈走愈近。看，他過來了。」

董平楷是那種存在感極強的人物。先不說別的，單是他一雙皮鞋，咔嗒咔嗒，就讓人思疑是否安置了特製的加固木料，走起路來份外清脆響亮，引人注目。他要是更加輕盈，應該可以隨時來一場踢躂舞表演。但不可能。不可能有人願意駐足看董平楷的演出。從走廊的這端，到走廊的彼端，原本相安無事的人們，像一道被扯開的拉鏈，或像一部貨櫃車駛入人海，自自然然走避到兩旁。沒有別的，只怕被他龐大的臂胳碰一下，接下來幾晚應該會不得安枕。他的存在感的確讓人窒息，甚至感到冒犯。但要數他的註冊商標，還是他的聲線，尖銳、幼細，像極發育前的男生。成長期聲帶來不及變厚，或者不擅用聲，習慣把喉頭拉得太緊，固然會讓聲音趨向高頻。但除此以外，如果有其他原因，斷不是他患有早老症的先兆？抑或是早年某次交通意外的後遺？偶爾在無聊的時候，倫日央總愛胡思亂想，順便自娛一番。

「不是說小息前要送到老師枱上嗎？怎麼全部積在這裏？」聲音從董平楷狹

窄的喉嚨迫出來，直刺在倫日央耳中，跟車廂裏的尖頻一樣讓他打顫。

對方還未及回話，董平楷已經整個巴掌搭在他的肩上，借勢把他撥開，湊近大圓枱上堆疊着的試卷印本，以科主任這個職銜賦予他的權威，補上一句：「有阻滯嗎？」倫日央的肩膀立時麻了一下，然而，植杏同沒有發出一點聲音。她沒有走開，只是沒有作聲。她也不是不敢走開。她知道倫日央此刻極需要有人在旁邊支持。走廊邊、茶水間，連同剛剛返回教員室的老師，都忍不住朝他們看。白色的複印本上，零星的血漬明顯已經暗啞，但仍帶着不容忽視的突兀。董平楷發現到異樣時，眉頭抓緊得眼鏡都幾乎沉下來，意味着不再需要倫日央的答覆。

「搞什麼？這麼簡單的工作竟然一塌糊塗。你叫中文老師明天如何派發到學生手上？明天就是測驗的大日子，你不知道嗎？究竟你在搞什麼？」一連串吱吱喳喳的提問，讓人誤以為小息完結的鐘聲，要提早放鳴。

難道要把事件重頭說起？難道要將比故事荒謬的實情搬出來，讓難看的現狀更加難看？倫日央把雙手緊緊握在背後，受傷的食指，收在拳頭裏面還在隱隱作痛。他唯一的安慰是，幸好膠布仍然牢牢黏着，沒有鬆脫。

「非常抱歉！」倫日央抽了口氣，把能夠說的事實都吞下，只說出這句。他的臉沉降的角度連眼睛都隱沒了，植杏同待在旁邊，看見的只剩餘他眼鏡框的線條。她好像在旁觀一場公眾施刑，受罰者正是自己的朋友。科主任董平楷把握這個時候，再發出一連串的狂轟，有心細聽的話，也許穿插了中文演辯隊的犀利辭令，也許引用了詩人墨客的警世雋語，也許也夾雜了懶音和病句，但都不重要了，吱吱喳喳的，在倫日央的外面，飛來飛去，像無數根削尖的銅箭，卻完全進不了他的耳朵。「非常抱歉！」倫日央毫無招架的能力，只有口中這句話，好像一塊會擋箭的盾牌：「非常抱歉！非常、非常抱歉！」他軟弱無力地重複着，究竟是對別人說，還是說給自己聽，似乎都沒有分別，反正教員室裏面的人都聽到了，各自的心裏，都只想報以最大的寬容來回應。

「非常抱歉——」

「沒事了。」

如果這刻有人大聲地這樣說出來，應該便可以告一段落。

「只會道歉有用嗎？問題會自己解決嗎？你說，到底現在怎麼辦？」經過上次「全焦」事件，董平楷絕不會這麼容易放過他。除了宣洩不滿的情緒以外，他要的是一個解決方案。「我問你，怎麼辦！」單單幾個中文字，被他提高聲量用力吐出來，把疑問削成命令，連帶拳頭撻在染血的那疊試卷之上，可以說，張力已到達臨界點，很難有迴轉的餘地了。

小息接近尾聲，教員室依然不時有老師、工友進進出出，轉站到校園另一個角落，繼續趕忙。因為門鉸長年使用出現老化，教員室兩邊出入口的夾板門一開一闔，總是咿咿呀呀在響，像是跟每一個過客禮貌地打個招呼，不厭其煩，證明禮多人不怪。每次打開門的片刻，外面的聲音就放進來，扭開收音機一般，有時是叢林間雀鳥的鳴叫，有時是樓層下面掃把清理落葉的聲音，就把握那一兩秒的縫隙，放進來，調和教員室裏有時過分肅穆的氣氛。今天外面的陽光特別燦爛，穿過樹枝和葉子，投影在校園的走廊、樓梯、欄杆，有種柔和的光澤，彷彿今天無論做什麼都一定能夠暢順，彷彿今天遇上任何人都和藹可親。外面的世界，跟教員室此刻，有着極大的反差。

夾板門又開又合，走廊對面正是教學樓的梯間，陸陸續續浮現一個接一個的身影，閃着太陽借過來的明媚，紛紛朝禮堂的方向移動。校園生活多采多姿，老師日理萬機，忙到差點忘了今日的特備節目。剛才董平楷的聲音還未完全消散，教員室的瓜葛未擺平，倫日央食指的傷患未復原，道歉未接納，中央廣播系統卻有所動靜，發生沙沙的聲響，似乎要作出一項極其重要的宣佈。高副校用雄渾的低音，透過咪高峰扼要朗讀：

「請已報名的高中同學，儘快由班主任陪同下，安靜步入禮堂，進行捐血活動。重複。請已報名的高中同學……」

大家才恍然大悟，記起今天是學校年度活動，是高中生展示優越地位的大日子，捐血日。老師眼中可有可無的活動，學生可不這樣想。就算不過是為了湊熱鬧，換來走堂的機會，或跟同學交換自己血型的前世今生，甚至只為一口梳打餅，一口果汁，今日的重要性，絕對及得上任何一次成人禮。怪不得大家都向禮堂的方向走，怪不得工友來來回回，運送椅子桌子，忙着補充禮堂工作人員需要的物資。怪不得今天風和日麗。

「董主任，對面是你的學生嗎？」

對面教學樓的梯間，幾個男生女生向這邊費勁地招手，像要邀請他們的班主任過去參與一場好玩的派對。他們的笑容熱熾得可以融化最堅固的冰山。

「重複。請各位班主任儘快……」

董平楷再三聽清楚宣佈內容，確認是高副校的聲音，再望向遠處的學生，他終於把沉在試卷上的拳頭拔出來。大家都不敢作聲，心裏怕更糟的事情將要發生。他撫平一下腦後勺的頭髮，很用力吞下口水，轉回倫日央旁邊，竟然給出一個鎮靜的笑容，然後道：「我要帶學生了。」不知道為什麼，這樣的神情反而讓人更害怕。「這些試卷，你好好想辦法處理掉。至於什麼是好辦法，好好想清楚。你是個聰明人，什麼可以做，應該心知肚明。無論如何，明早派到老師手上，千萬別令我失望，好自為之。」他乾咳兩聲，便走了出去，夾板門照舊咿咿呀呀打個招呼。

植杏同跟倫日央默契般呼了口氣，同步率幾近百分之百。她慶幸自己為朋友終於守到最後。董平楷人已經不在，他們起碼可以肯定，耳朵不用再承受高頻的滋擾。教員室的風眼走後，一切復歸平靜。倫日央這麼一個劫後餘生者，現在可以準備重建工作。他摸摸枱上試卷的皺痕，似乎仍殘留着災難的形狀和溫度。至於肇事的根本，那些散落數處的血漬，也許啞了色，但鐵定不會褪去，永永遠遠成為刻印。

「還有辦法嗎？」這個問題由開始，一直問，問到這刻，植杏同說出來也有點不好意思，想收回，但別無選擇。

的而且確，所謂的可能性，全部都老早給推翻了。他們再次默契般想起董平楷的臨別贈言，揣摩裏面藏着的鑰匙，假如有的話。

就在這個時候，各班班主任的帶領下，禮堂變得沸沸揚揚，每個人都把良善一面綻放無遺，有如針管、梳打餅和果汁盒隨處可見。就在這個時候，窗外的陽光依然燦爛，照得窗框和欄杆都浪漫，彷彿所有人和事都披上一層金光，好得無比。只可惜，仍待在大圓枱旁苦思中的植杏同跟倫日央，對凡此種種，卻一無所知。

* * *

作為教學助理，吃虧是在所難免的。其中之一，他們不像正規教師，可以打鐘下課，立即離開學校。倫日央記得自己還是學生的時候，曾經親歷其境，自己的經濟科老師，早兩分鐘已經跟同學敬禮道別，早一分鐘已經返回教員室收拾好行裝，放學鐘倒數十秒，人已經在學校的大門出現，然後鐘響起便第一時間衝了出去。他和整班同學在課室外的欄邊，看得目瞪口呆，有的傳聞經濟科老師趕到銀行搶股票換外幣掙差價，有的傳他其實約了女朋友看電影撲戲飛。雖然少了敬畏多了滑稽，但倫日央從當日起，對老師這份工作漸漸暗生羨慕。

放學時間是夏令的一點好，還是冬令的三點三十分好，合約規定，所有教學助理的放工時間，是下午五點十五分，有遲無早。

教員室四周人影凋零，他一人前的工作間顯得更孤單。唯一值得高興的是，今早的初中中文科測驗，最終得以順利舉行。試卷交到老師手上的那刻，他幾乎難以置信得眼泛淚光。全靠他想出好辦法，想起學校附近的屋村商場，有間影印老店，只要多給點錢，兩小時後便火速收到四十份複製本，解決了昨日的難題。既替補了被染污的測驗卷，又不用驚動學校影印室。純粹假手於人，儘管要從自己袋口掏出一百二十大圓，幾肉痛都值得。

最重要讓科主任息怒，否則日子便很難過下去了。

星期五午後，工作暫告一段落，下星期的工作，自然會有下星期的安排，不着急。倫日央記得某次早會，有老師引用一句話勉勵學生：「所以不要為明天憂慮，因為明天自有明天的憂慮，一天的難處一天當就夠了。」他不肯定這句道理的出處，但就是這個意思，他聽了深表認同，感覺有一種讓他釋懷的智慧，特別入心。若不是想起這句，他不知道工作上許多的苦頭是怎樣熬過的。昨天的「流血事件」不過是較近期的難處，昨天過去了。明天的憂慮，明天再算。今天到了這個時候，他立定心意，等到分針抵達五點十五分的關口，便拋低工作的擔子，效法當年他的經濟科老師，頭也不回。

收件匣傳來電郵。反正沒有急務，趁收工尚有些許時間，倫日央決定順道清清電郵。置頂一封，是由高副校寄給全體師生：「有賴全體師生上下一心，昨天舉行的年度校園捐血活動可以原滿結束。是次活動非常成功，合計總共約有超過四十人次參加，是曆來最高人數之一。再次感謝老師協助策動以及同學頂力支持。最後，讓我們一同寄望來年再次共襄善舉，同心為本港血庫出一分力量，培養良好公民素質，建立我們的城市！」撇除若干錯別字、詞語誤用、文意重複、邏輯錯置、病句、腔調不倫，他大致明白高副校的意思。總而言之，作用是向大家交代，學校又完成另一項年度任務。其實，只要勾起全段進行檢索，不難發現，整封電郵跟去年那封是一模一樣，只改了文中的數目而已。

超過四十人參與，超過四十包血漿。

捐血救人，他拭在試卷上的幾滴血，也可以救人嗎？他深信可以的。那一百二十大圓，也許拯救了影印老店店主於水深火熱中。

那麼，店主欠了他一句道謝嗎？沒有。正如將來何年何日要接受這四十包血漿的病人，會逐一跑回來，跟這所地區名校的師生，與血漿的施主相認，鞠躬，然後一羣陌生人，向另一羣陌生人，講出一句摯誠的謝謝嗎？不會的。不需要的。在這個廣闊世界上，每日上演着數之不盡的無酬付出，默默傾流形成或短或長的江河，天晴天陰，逕自運行。父母子女，師長學生，情人老伴，同事死黨，日復日徜徉在無私的奉獻中，得着溫暖受到滋潤，沒有幾多會回頭表達感激之情的。十個裏面大概有一個，其餘九個為什麼不知所踪？忘了説出聲的道謝，連同想説但不敢説的，連同敢説卻不懂説的，一併撈起來，像是億兆計的魚，就是所有海洋加起來，恐怕也盛不過來。

然而，植杏同救了他，他是知道的。那種扶助，與血無關。在他最孤苦無依的時候，屈辱和控訴來得最猛烈的時候，在董平楷無情的威攝步步追逼下，植杏同不離不棄的身影，就是至具體的救援。

昨天一切來得太快太猛了，倫日央一心只顧着解決問題，撇下植杏同，連再見也來不及，放工旋即走到商場的影印店，苦候兩個小時，換來四十份複印本，換來忐忑的晚上。手機積累一大串訊息，他全部沒有心情讀，沒有心情覆。直到今早測驗順利完成，他放下心頭大石，他卻又沒有了回事。

他欠了對方一句道謝，他是知道的。

讀完營養不良的電郵，倫日央上下掃視收件匣還有什麼值得關注，發現其實沒有。都是與他無直接關聯、芝麻綠豆的事務，他被迫着成為旁觀者，大量吸收基本上全部營養價值不高的資料。唯獨心裏的囑咐揮之不去——欠對方一句道謝——他索性關掉電腦，走過去植杏同座位那邊，交還那句拖欠了整整一個夜晚的道謝。

他才忽然醒起，整天沒有在走廊碰見過她。校園說大不大，但一般規格的面積還是有的，課室和特別室，露天和室內場所，走廊、門檻、梯間，隔在人來人往的學校日常中，要遇上一個特定的人物，不比想像中容易。他今早兩次從遠處碰見科主任董平楷，他都冷着臉，假裝什麼都看不到。倫日央走到教員室另一端的英文科所在，原來植杏同不在座位上。

「有事找杏同嗎？」鄰近的梁老師深陷簿山裏面，抬起頭也不情願，像敷衍一個擅自闖入的顧客。「應該去了洗手間，你等一下。」

枱面是收拾過的狀態，椅子已經端回原位，怎麼連綠色布背包也不見了？要是她因為昨天的事件嚇壞了，或者因為他遲來的道謝而傷心了，他會非常內疚。請一天病假，對於教學助理而言，代價高昂得要花幾天償還。他掃視植杏同的工作枱面，嘗試找出線索。但看來看去，水杯，橡皮圈，紙巾盒，零食包裝，寶麗萊合照，打氣卡，全部都沒有話要對他說。

「呀，杏同今日好像要幫忙帶隊出外參觀，差點忘了。」梁老師穿過習作堆的峽谷，瞄一眼倫日央的側面，再度投入批改，渾然忘我，別人的事不會上心，難怪。

「那麼我留個字條給她。」

——**雖然遲了點，不過，謝謝妳昨天的幫忙。**

還沒有寫下來，倫日央便已從腦袋裏抹去句子，擦一下，不接納。很難確切說出問題所在，但他直覺感到有點不對勁。簡單來講，植杏同收到字條，不會有什麼感覺的。她不會感到安慰，她甚至會感到嫌棄。換另一種說法，無法讓人感到誠意的字條，可能比丟淡的沉默更糟糕。道謝是一種藝術。說多謝、話感激人人都會，反正不同國家要表達相同意思，恐怕都只是個極簡的單字片語，牙牙學語的人很早便會第一次真情流露。但長大成人，進入複雜多變的現實世界，道謝便隨之變得不再簡單。如何讓對方感覺到付出是值得的，不枉犧牲成本來滿足自己的需求，被妥善地承認和尊重，道謝這回事，就被提升到藝術的層次了。

欠對方一句道謝——倫日央不是不負責任的人，託付的事情，他總會盡力完成。他知道不應該忽略內心微小的呼喚，好好表示謝意。為了能得出更理想的版本，他嘗試轉用「全焦」的思路，啟動他的文采。選項如下：

A　真的多虧妳，妳的支持確實是幫了我一大忙。遇到妳這位朋友，我太幸運了。

B　我知道妳也有滿身工作，昨日的處境也許會為妳帶來麻煩。妳不需要這麼慷慨，但妳還是做了！我真的非常感激。

C　在昨天這般困難的時刻，因為妳的緣故，讓我心裏踏實了很多，真的很感謝妳。

D　我真的欠妳一次，下次有需要幫忙的話，務必跟我說，我一定會赴湯蹈火。

擦一下，不接納。看上去，簡直是網絡上隨處可見的罐頭範例，「職場極速上位廿五句」、「社交達人之禮儀育成」、「學做人三要道：道謝。道歉。道別」，諸如此類的標題無時無刻向一眾迷途羔羊招手，花時間做點資料搜集，誰都可以講得有板有眼。

但假如植杏同發現的話，抄襲，將會罪加一等。感謝的說話，要拿捏得恰到好處，的確比想像中困難，認真琢磨起來，幾乎是不可能的任務。究竟照辦煮碗，寧願被她嫌棄，還是棄權，不了了之便算？倫日央再次掃視植杏同枱面，打氣卡，寶麗萊合照，滑鼠墊，零食包裝，迴紋針，文件匣，水杯，依然沒有話要對他說。

蝸牛？他赫然發現，周圍原來爬滿蝸牛。

在毫無心理準備底下，他向後一踏，手肘觸到座位間的分隔層板，骨牌效應，差點把梁老師的簿山一次過夷為平地。「真的非常不好意思！」聽到鄰座傳來一聲驚呼後，倫日央急忙道歉。批改的節奏被粗魯地打亂，難得梁老師鎮定過後，冷靜地補上：「需要什麼幫忙嗎？」「沒有，沒有……我不過想留個字條給她。」為免生疑，他立即多加一句緩和氣氛：「杏同的座位，到處都是蝸牛，真有趣，是嗎？」

「哦，這個嘛，叫做蝸子，」梁老師一邊整理塌下的習作，一邊笑着介紹。

「杏同最喜歡這個卡通角色，韓國來的，近期頗流行，你沒聽過嗎？」

倫日央當然沒有聽過，他對韓式文化沒太大興趣。怪不得植杏同的水杯、滑鼠墊、文件匣上，都是卡通圖案，一個個招牌蝸牛殼，附帶他看不懂的韓文詞組，應該就是蝸子的意思。

不得不承認，靈光一閃這回事，是不少人所迷信的。往往在腦袋閉塞的片刻，就靠那乍現的感應，突破思考的窘局。以他的經驗來說，靈光叩門的途徑總是讓人捉摸不着。昨日如何突然想起影印老店，乃至地鐵車廂內如何浮現那個了不起的句子，就是憑靠一瞬間的靈光，除此以外，他想不到其他解釋。而至於眼前這個蝸子，在他以為前無去路的時候，竟為他閃出一線光，打開了一道大門。

便條紙是從鄰近的梁老師借過來的，粉紫色，呈雲朵的形狀，帶點人工的薰衣草香味。原子筆也是梁老師借過來的。欠對方一句道謝——他終於回應那微小的呼喚，把便條紙輕輕放到枱面上的水杯與滑鼠墊之間。最後，倫日央決定放棄網絡上借來的套語。他在粉紫色的背景上只寫低：「下次台式火鍋，我請客。」旁邊，再畫了個蝸牛，不合比例，歪歪斜斜，完全欠缺韓式風格。不太似蝸子，但蠻趣怪的，植杏同大概不會嫌棄。

* * *

放工的路徑，以校門作為起點，有兩個選擇。

轉左，拐進後巷有條長長的偏梯，拾級而下，走到去地鐵站那邊。這條路比較長，下坡路也比較陡峭，一不小心便會很容易失足，連滑幾級，擦傷皮膚事小，閃了腰事大。曾經有行人在梯間摔倒，叫救命半小時也無人發現。當然，對於膝蓋孱弱的人而言，這條梯子更加是折磨，向下行不見得容易，向上行簡直難過登天。但這條樓梯有它的好處：上面半透光的遮蓋，讓怕曬的人不懼烈日當空，讓忘了帶傘的行人，在下雨天也能夠來去自如，猶履乾地。而遮蓋兩邊懸掛的舊式路燈，在太陽謝幕後發出燻黃的暗光，像夜色中來自上世紀的螢火蟲，渲染着淡淡的懷舊氣氛，一步接一步，煞是浪漫。

第二個選擇，轉右。直走兩個路口，再轉右，沿着馬路兩邊的車房、藥莊、找換店，一排排唐樓入口，繼續向前走，見到雜貨舖、茶餐廳、電訊公司，在烏煙瘴氣的街頭，認定沒有走錯方向，順着路牌指示街號較大那邊，繼續向前，最後，是街尾的花舖和文具店，是行人交通燈，由紅色轉為綠色，等大約五十秒，進入對面露天公園的腹地，一路上有百千層的引航及黃花風鈴木的護蔭，交替走過草坪與泰坦地，最後離開公園範圍，抵達地鐵站。聽上去複雜的路程，急步走，其實前後只不過是十五分鐘左右。下雨天，狼狽極了，天氣好，除了可以近距離見盡民生百態，同時享受舒心的景致，忙碌的工作天後走一趟，是最低消費的賞心樂事。

星期五，假如天氣不錯，倫日央總會挑右轉。他比較喜歡看看街，也不太想自己一個人走長長的樓梯。為了給植杏同留低字條，最終，比五時十五分的準時遲了八分鐘才離開校門，但他並沒有介意。反正天還未黑掉，晚冬已過，日照漸長。這個時候，正好接近日落時分，光線打在路上的物事和身影，柔和細軟，像披上無聲無息的巨型絨氈，包裹着都市積存了一整天的勞累。

望過去，到處都充滿生活的質地。車房技工整個上身藏到汽車底部，只露出腰以下的褲管，塗滿刺鼻的機油及各種鐵鏽污漬，彷彿是巨獸口中一尾掙扎的魚。藥莊此刻門可羅雀，蒼白的門面似極開放式殮房，供奉在窗櫥裏的藥品，連同鎮守的店東，都展示着乏力的求生意志。茶餐廳是他熟悉的地方，伙計是不曉得名字的老朋友，晚餐很多時都在此解決。而每逢月底，銀彈將盡，隔個舖位的兩餸飯店，就為他提供外賣專線，助他度過時艱。月頭，星期五的晚上，熬過這兩天，好應該對自己好一點。倫日央想得堅決，一心要找間西餐廳，正正式式吃一頓雜扒餐慰勞自己。

直到經過電訊公司的巨型海報，宣傳最新出爐的電話型號及其月費套餐，他才記得要拿起電話，看看整天未及檢閱的訊息。

壓到最底下的，是植杏同合共十七個未讀訊息。

——你的科主任剛才語氣太重了吧。

——真替你不值。

——想到辦法了嗎？

——需要幫忙嗎？

——剛才放工後，搭地鐵到了最近那個大商場，走了幾圈，幾層都逛過了，只有一間沖曬店，有影印服務，但黑白雙面印刷都要每頁兩元，天呀，四十份試卷，豈不是幾百元！太貴了，是嗎？等我再到處看看，有消息再通知你。

——你手指好點了嗎？已經止血了嗎？

——吃晚飯了嗎？

——如果膠布開始鬆開，一定要換新的。你知道大交叉貼法嗎？

——洗澡時膠布小心入水。

——睡了嗎？

——我要休息了。不過有需要幫忙的話，隨時出聲。

——明天見。

——我買早餐，要順便嗎？

——剛才經過你的位卻不見你，仍在忙測驗卷的事吧？

——今日要帶隊，出發啦。

——嗨，經過展館的紀念品中心，有你愛收集的特色扣章。買一個送你好嗎？

——懷舊風？簡約風？

由昨天傍晚起，截至今日，一個小時廿六分鐘前，像塵封的家居語音紀錄儀，足足十七個留言。倫日央的大拇指在屏幕重複滑動，上上下下，由頭至尾，翻讀了一次又一次，直至他逐一回想起事件的來龍去脈，掌握到整個時序分佈，理解訊息背後的情緒起伏，他才意識到他錯過了什麼。車房機油的氣味，混入茶餐廳的油煙，畫外音是行人交通燈滴滴答答，在這個溫煦的日落時分，有點格格不入。他突然明白，他最為緊張的，原來對方從沒有放在心上。植杏同根本無意要討一句道謝的表示，她只有一味為倫日央擔心。他感到自己再度虧負了她。

「終於見到我的訊息了嗎？」假如聲音遇到空氣會凝固的話，有理由相信，是行人交通燈的滴答響聲，鋪成柏油路上的沙石，把植杏同從馬路對面的公園護送過來，站到倫日央身邊。

「幹嗎足足廿四小時沒有回覆？」

「昨晚累到一個地步⋯⋯今日整天忙測驗卷，直至現在收工才——」

植杏同突然出現面前，他看起來好像一點也不驚訝，好像回覆訊息一般自然，只不過以嘴巴代替了大拇指。

「你知道我一直在等嗎？」

「我剛剛終於讀到了。」

「我累到一個地步，剛才帶隊都精神恍惚。」

「很抱歉。」

「你手指好了點嗎？」

關於手指被試卷割傷一事，倫日央差點連自己都忘記了。那塊植杏同為他貼的大交叉膠布，仍然牢牢黏在食指上，彷彿已經成為了他身體皮膚一部分，不刻意去看，根本就不為意它的存在，不用為它操心。

「基本上已經不痛了。」他把指節微屈，確定他說的是事實。「妳怎麼在這裏出現？」

「那你又怎麼在這裏出現？」

「星期五放工，我大多數會經這邊，逛一下，找晚餐的地方。」

「哦——」

「妳帶隊參觀完成，要回校麼？學校的同事差不多全離開了。」

「我怎知你原來——」

「我？」

身後行人交通燈滴滴答答的聲響，把植杏同的心跳弄得更加錯亂。她專程由展館返回學校，一心想將小小紀念品親自交到倫日央的手中，如今倫日央站在她的面前，她卻又說不出口。

「我的意思是……我把電話充電線遺漏在教員室，本來想找你幫忙。」

她把鼻翼上的透明眼鏡框托一下，非正式地承認自己說了個小小的謊言。

「我背包裏面有吖，可以借妳。」

「不用了，我自己回校取回。」

「陪妳走好嗎？」

「不用了。」

「那麼，一起晚飯好嗎？我可以在這裏等。」

「不用了，你聽不懂嗎？」

她用力重複一次，顯然有點激動。這是不常發生的情況。背包中兩個特色扣章，微顫了一下，發出聽不到的摩擦音，像兩枚受驚的貝殼。

「取回充電線後，我想馬上回家休息。下星期一見吧。」

「嗯，那妳好好休息。拜拜。」

她的綠色背包和及肩短髮，都跟着同一個節奏，一路走，擺蕩擺蕩。經過她身邊的電訊公司、餐室、找換店，都趁太陽隱退之前，發出各自餘下的光芒，她卻提早暗掉。在充滿生活質感的街頭，倫日央一路目送她的背影直到盡頭，感覺她的疲倦被充分放大，然後她的背影在彎角的位置消失。手機屏幕上，顯示着總共十七個來自植杏同的訊息，全部掛上兩個藍色小剔，表示已經讀取，卻空空的懸在那裏，像仍然在等待一個正式的回覆。

那個傍晚，植杏同返回教員室的時候，連留守到最後的梁老師都已經走了。她走到倫日央的座位，匆匆放下兩個扣章，一個懷舊風，一個簡約風，便轉身離開。正如她自己所説，她累到一個地步，只想馬上回家休息。她累到一個地步，甚至沒有力氣，走回自己的座位，看一看那張粉紫色的便利貼。

* * *

蝸牛的步伐是出名的緩慢。這樣馳名的行進速度，分析起來，主要是因為牠們獨特的身體設計和生理機能上的限制。蝸牛的身體柔軟，肌肉力量偏低，缺乏足夠的強度來產生快速的運動。同一時間，牠們背上的硬殼，絕對是額外負擔的來源，使行動力大為削減。另外，蝸牛並沒有像人類一般，生有如同雙腳一樣的支撐系統，於是，牠們的移動都只能靠肌肉的收縮和伸展，如此艱難，緩慢便理所當然。因此，為了對沖大量的消耗，維持生命的正常運作，蝸牛的食量有驚人的需求。這亦意味着草食性的牠們，需要花很長時間去覓得食物和啃咬，才能獲得足夠的能量和營養。因此，總括而言，蝸牛的行動速度較慢，實在是一個自然而然的生理現象。

倫日央轉慢的步伐，成因卻簡單得多。

在人車穿梭的街上，他低下頭細想自問：究竟在那一個關鍵處，他可以處理得更為妥當？在足足一千四百四十分鐘的時間跨度中，當十七個訊息如同十七次善意的問候不辭勞苦作叩在他的門上，他為什麼連一次也沒有把握好？簡單得如同「謝謝」兩個字，為什麼他竟然沒有更早表達出來？為什麼一向謹慎行事的他，偏偏選在昨日被白紙割傷手指，甚至要惹火科主任，把植杏同牽連在內？還有，歸根究底，為什麼他對女性的心理有一種根本性莫名其妙的陌生？

咻咻咻——

交通燈上的紅公仔龐然亮在眼前，他才從一腦袋的問題中折返現實，慶幸剛剛飆過的小巴沒有把他輾在輪胎底下。

驚魂未定，第一件事，他只記得：今晚千萬不要兩餸飯。

實情是，倫日央一個星期有四至五個晚上，基本上都是兩餸飯解決的。這兩年社會有一個兩餸飯的熱潮，他當然親眼見證，但他早在剛畢業出來社會做事，便已經深明兩餸飯的好。前一間工作的學校當教學助理，零點七職，薪酬比現在更加微薄，勉強顧及到搬出來住的租金，一日三餐便所剩無幾。當年他已經習慣每晚到住處附近一間兩餸飯店，貪其方便，配搭五花八門，份量十足，三十多元，外賣飯盒跟例湯，足以餵飽他徘徊一百一十八磅至一百二十磅的皮囊，還有剩留下來當次日的午飯。最彌足珍貴的，除了是任意選擇的自由——區區付出三十多元，他就能夠體驗消費者的優越感，從涼瓜斑腩到鹹魚肉餅，從西蘭花鮮魷到羅漢齋豆腐，任他指指點點，在高度物質主義的社會中，一嚐食物鏈較高層的霎時虛榮心——除此之外，還有那無價的住家味道。沒有味精當然是騙人的，但那恰到好處的手勢，那撫藉味蕾的溫度，往往讓他措手不及，好幾次，在租賃回來的單位內，邊吃就邊想起日漸久遠的老家回憶，突然有哭起來的衝動。

一星期七個晚上，四至五個晚上交給兩餸飯，一至兩個晚上要回味麻辣米線，一個晚上留給老媽。今晚，他決定破例，找間西餐廳食鐵板雜扒，才對得住自己的辛勞。

月頭，總算有揮霍的空間。

他聽聞這間西餐廳，是最初到新校工作，從同事閒聊中得知，是區內價錢比較親民，質素有一定水準的選擇。他甚至曾經在網上瀏覽過這個地方的食評留言，卻從來沒有機會光顧。大型連鎖集團旗下經營，食物其實不算昂貴，只是自己一個人吃，過百元一餐，都要反復思量，不敢輕易亂花。

等到行人綠燈終於喘定，橫過了馬路，倫日央沿着公園的外圍，特意朝地鐵站相反的方向走，大斜線約三百米開外，直至走到行人天橋下面，在不起眼的幽深角落裏面，原來潛伏着幾家餐室與酒館。位處最深的是便利店，而這家西餐廳，則在鄰舖排倒數第二的位置。

夢境般的日落時分正式完結，守在旁邊的街燈經已亮起，透明玻璃窗旁這個卡座，望出去剛好是燈柱下正在抖煙灰的中年大叔。倫日央一邊脱掉外套，一邊仰頭四處觀察。卡座對面是自己的背包，牆身黑黑沉沉，僅有幼細的白色線條勾勒出花樣的輪廓，頭上是電鍍圓球形 LED 燈飾，呈極簡未來風格，亮度卻調得極低，讓整個餐廳有點像浩瀚無邊的外太空，只憑發出微光的星體擦一根根火柴勉強點綴。餐廳看似人客不算多，畢竟時間還不到七點，下午茶是不久前的事，但仔細往另一邊的黑暗中看看，其實人客也不算少。城裏的人都好像習慣了早吃晚飯，他懷疑這是健康生活習慣的一種實踐模式。

鄰桌客人都很安靜，正在專心享用晚餐，即或邊吃邊談，也是喁喁細語，舉止規矩，儘量不想打擾別人。倫日央也很安靜，規規矩矩等了五分鐘，直到他發覺幾位侍應都站到一旁無所要事，自己的餐桌上卻空空如也，連餐牌、水杯都未有着落，他才把手提起，主動找人招呼。

紮馬尾那位侍應瞄了一眼，不情不願，帶個餐牌走過來。

果然是大集團旗下商號，餐牌選擇琳琅滿目，沙律餐湯各佔一版，前菜小食一共兩個跨頁，焗飯、燴意、炒飯、湯粉至少三十個款式，以致薄餅的從缺，相對來說變得不太起眼。壓軸的幾個版面，當然是留給飲品和甜品。由熱飲到凍飲到特飲，再由窩夫到蛋糕到雪糕，五顏六色的插圖，稍稍翻一遍，便已經頭昏腦脹，難以斷定從何入手。然而，鎮店的鐵板肉扒，整份餐牌都隻字不提，不知道走到哪裏去。

「先生，我們的招牌鐵板肉扒，印在另外一份特別摺頁。」這是倫日央查詢後的答覆。

「我想看看肉扒的選擇。麻煩也給我兩杯溫水。」

侍應瞄了一眼，無聲無息走開。

或者是肉扒太受歡迎，摺頁都給其他客人借走了，又或者熱水一時間還未煮沸，煮沸了又未降溫。等兩樣東西出現在他的枱面上，又已經是一段時間之後。倫日央由本來餓意未濃，到現在肚皮呱呱地叫，叫得他有點尷尬有點焦躁。

他不忍讓自己的肚皮繼續乾等，最後放棄跟無數個選項周旋下去，丟低餐牌和摺頁。反正首次造訪，吃什麼都一定會有新鮮感加分，憑直覺點的晚餐不會錯。他怯怯地提起手肘，覺得自己有點像怕老師的學生。

「麻煩你，我想點一份鐵板雜扒。」

「什麼汁？」

「嗯……有什麼汁選擇？」

「洋蔥、黑椒、蒜蓉。」

「蒜蓉汁好像比較吸引。」

「飯、意——」

「不好意思，可不可以轉洋蔥汁？」

「飯、意粉、薯菜？」

「薯菜好像比較搭配，但飯才飽肚，是嗎？份量大概有——」

「飯、意粉、薯菜？」

「那我試試薯菜吧。」

「餐湯？」

「有什麼湯？」

「雜菜、蘑菇。」

「沒有羅宋湯嗎？」

「先生，雜菜湯、蘑菇湯，你沒有聽到嗎？」

「蘑——」

「餐飲？」

「我想等一下再叫。」

「熱飲還是凍飲？」

「我還未決定好，想等一下。」

「不是熱飲便是凍飲吧。做男人沒點主見的。」

「這跟男人女人有什麼關係？」

「那麼你慢慢想，想到再叫吧。」

「你這叫什麼服務態度？」

紮馬尾那位侍應搭上最後一段，還有半句未脫嘴，便轉身把單送到廚房，投訴當然沒有落入誰的耳朵裏面。

餐廳內，此刻的空氣有種悶翳的感覺，未至於令人窒息，但好像什麼時候突然關了中央冷氣設備，抽真空讓一切停滯不動。倫日央左前的方枱仍然閒置，其他桌子則陸陸續續坐滿了客人，安安靜靜享用他們的晚餐，完全沒有意見，沒有察覺，原來這邊廂的他吃了侍應一記悶棍，受到不禮貌的對待。餐廳混凝着雜陳的食物味道，狠狠地包圍着他，寸步不讓，逼他的肚皮再次呱呱地叫。那幾下響聲最讓他難受的，在於提醒着：他是唯一空着肚子的顧客，甚似是次等的人。

窗外燈柱下鋪滿撳熄的煙蒂，不知道明天會給誰掃乾淨。至於隔個鋪位的便利店，每隔一段時間，總有人入，總有人出，證明它的存在有其價值。他凝視玻璃窗外的景象，想起自己日間工作上的得失，那些完成的任務，被貶責與委屈的時刻，有待跟進的事項，以及他永不會知道、為人詬病的小小過失。他想起科主任的嘴臉。他想起高副校的聲音。他想起其他老師來來往往的身影。他想起植杏同的髮尾。他卻不肯定自己的存在是否同樣有其價值，也不肯定自己會否都像被撳熄的煙蒂般，明天給誰掃乾淨。

在玻璃窗的倒影中，他看見自己疲憊的眼掛在貧瘠的臉上，重置在有個正坐了下來的豐滿身軀。

倫日央循着聲音的來源望過去，左前的方枱已經不再閒置，剛才在外面抖煙灰的中年大叔正式入座，連同三位女性顧客，應該是他的太太和兩位千金，圍着小小的方枱，準備就緒。餐廳正式宣佈首輪客滿。

* * *

到了，在枱面，首先是餐湯。蘑菇湯石灰顏色，在昏暗的燈光下竟然變得起眼。不能說是由於倫日央等到極度饑餓，以致湯水特別美味。這個不是久旱遇甘霖的段落。實情是，侍應沒有實話實說。這不是磨菇湯。正式來說，這是黑松露蘑菇湯，湯面浮游的牛肝菌碎塊足以為證。習慣城市生活的人，怎能不醉心於這來自原野的氣息？經煮溶的油脂，加上炒香的洋蔥和蒜粒，恰如其分，送上松露獨特的堅果郁香，敲開一朵朵菇菌的蓓蕾，綻放如花。假如鑽石可以放進嘴巴，大概便是這暗黑炫目的味道。這真是令人愉悅的湯。他的舌頭經歷過豐腴的前味，轉瞬間變得更加進取，更加貪婪，一羹又一羹，倫日央把世間的至美至善餵入喉間，像要沖走他胸懷中很長時間沉積的污濁。

可惜，除此之外，什麼都沒有。徹徹底底的什麼都沒有。

他不是習慣尋訪珍味的食客，不會活躍於網上平台社交媒體撰寫吃後感，更不是食評家和老饕的料子。只是，就算用最平白的字眼，他也可以表達出在高峰經驗後極速滑落的失望。首先，籃子裏的餐包放涼了，失卻最佳食用的微溫。在微波爐翻熱過後，待得太久，包身硬縮起來，根本啃不下。

其次，他的主菜出了亂子。

「什麼？餐湯都喝完了，現在才跟我説鐵板雜扒已經售罄？」倫日央喝過最後一口湯，用紙巾擦擦嘴角，正猶豫籃子裏的餐包該如何處置，抬起頭另一位男侍應站到面前，向他報告食物的最新狀況。

「非常不好意思，先生。廚房方面剛才通知我們，主要是雞扒和煙肉碰巧用完，也沒有其他替代食材，我們也沒辦法。」這位平頭裝的中年男侍應明顯比起早前紮馬尾女侍應較有禮貌。

「好應該早點通知嘛！我已經等了超過廿分鐘，難道現在由頭再等廿分鐘嗎？」剛才吞下去的黑松露蘑菇湯跟消化系統內的分泌物，已經混合到分不開彼與此的階段，算是稍為安撫了腸胃，暫時止息了嘰哩咕嚕的響叫，但是，倫日央饑餓的感覺還是未有完全消退。

左前方，中年大叔及他的妻女正在品嚐餐前湯，兩盤開胃沙律同時降落在枱面。幾位都對食材和賣相議論紛紛，拿起餐具，拿起手機來幾張自拍合照，還未準備好把五顏六色的菜蔬放到自己的碟上，便已經玩得不亦樂乎。

「要先生你再等，我們的確非常抱歉。不如我替你重新點餐，然後為你儘快安排，優先處理，你說怎樣？我們的西班牙伊比利亞黑毛豬扒頗出名的，先生有沒有試過？要不然，如果特別喜歡吃牛，我們有今期推介，季節限定的日本近江A2和牛，價錢相對昂貴，但油花高密平均，口感是一流的，入口即融，保證你會喜歡。很多客人吃過都大讚，專程回來再吃。剛才問過主廚，今晚只賣剩四件。週末一定要預訂，要吃便要把握機會吃。要試試嗎？」男侍應巧妙地應付了倫日央的不滿，見他不是典型要找麻煩的客人，站穩陣腳，反守為攻，落力推介餐廳價位高的菜式，為公司多賺個錢，或者月底會有傑出員工的額外花紅獎賞。

倫日央被一堆聽不明白的地名和形容詞弄得頭昏腦脹，一時間無從回應。他的心願很簡單，不過是想稍稍慰勞自己，星期五的晚上，吃少一頓兩餸飯而已，犯不着要讓自己苦惱。最初選上雜扒，正是貪其方便，不用多想，就能應有盡有。他又不是美食專家，怎會知道哪件豬出名，哪塊牛非試不可？整個肉扒的摺頁，他只記起澳洲西冷牛扒。澳洲，聽說風光如畫，自然景觀自成一格，有澳洲袋鼠，有澳洲樹熊，更有澳洲龍蝦，牛扒也應該相當不錯，他想。

「無問題，轉澳洲西冷牛扒，」男侍應把頭點了一下。如果他叫的是西班牙伊比利亞黑毛豬扒，或者是日本近江A2和牛，男侍應的表情應該會再寬容一點，起碼少一點輕藐的意味。「先生要幾成熟？」

「唔，八成吧，呃，等等，還是九成較好，九成吧。」左思右想，他腦海閃過一輪粗略運算，評估八十巴仙到九十巴仙之間量的差異，如何引發質的細微變化。像個應考的學生，經過謹慎驗算，他交出答卷：九成。「我不太受得了過量的血水，會吃不下。」

在正常的考卷上，他絕對不容許為數字附加註腳。

「哎，這個嘛，倒有點難做。先生，我們只提供三成、五成、七成，其他全不接受。餐廳規矩，沒有辦法。九成的話，來一個四捨五入進位，不如我請廚房給你做一個全熟的吧？這個比較好解決。」男侍應的解釋聽起來，好像在說一個數字編成的笑話。

後面一對夫妻結賬，起身，離座，動作如此理所當然。經過他的椅子，不經意碰上一下，還會得體講聲抱歉，飽肚的人果然心情絕佳。往前望，中年大叔一家把兩盤沙律都清空得七七八八，隨時騰位置迎接主菜。咕咕嚕——他的胃部提醒他沒有說不的理由。人家已經大快朵頤，他沒有本錢一直呆等下去。

他現在只能一心期待一份全熟的澳洲西冷牛扒。

以為有蒼蠅飛入他空出的湯碗，原來電話嗡嗡震了兩聲。只有他丟低電話不理，嘈雜的環境從來不會妨礙他接收電話。他長期把電話調校到靜音模式，要聽到電話，總會聽到電話。何況這間餐廳的食客吃得斯文安靜，除了左前方一家四口，愈吃愈熱鬧，以及個別招呼他的侍應，聲量特別豪邁直率，包含一種輕藐，其餘的背景雜聲，都不足以蓋過電話的低鳴。

——剛才語氣重了，很對不起。今日實在累透了。

不知道是什麼原因，他們互傳的訊息，跟別人隨意、輕盈的用字大不相同，總是文縐縐的書面語，有種客氣的距離感。他一見到文字，便立刻在腦海中響起植杏同的聲線。

——應該說對不起的該是我。讓妳擔心這麼久，真對不起。

他們甚至不用任何表情符號，連標點都很有分寸，句子尾部都有個句點。那可能是主修語文畢業生的堅持，是他們之間的默契，是沒有第三人重視的執著。

——平手，沒事啦。排除萬難完成工作，今晚記得要吃好的喔。

植杏同讀大學的是英文，平時說起中文來，有時候感覺還是怪裏怪氣，帶少許西方社會成長的異化口音，但中文寫來一點也不差，讀起來更格外親切。只是打字打得比較慢，抑或語音輸入捉不準她的讀音，往往回個訊息都要花好幾分鐘。

——放心，今晚吃牛扒獎勵自己，保證十成豐富，一百巴仙滿意。哈哈！

十成。一百巴仙。全熟。他的鐵板晚餐還未上枱，他提早自我挖苦一番，自得其樂。植杏同很多時候都搞不明白男性自以為是的幽默感，只好轉一下話題。

——是嗎？那就好了。哈。嗨，我剛回學校拿回充電線，順道放了紀念品在你枱上。

她走上離開學校的路，漸漸走到車站，等巴士接她回家。望望應用程式，望望時間，下班車還要等三分鐘才到站。隊伍中幾位下班族都不約而同在用手提電話，一個覆公司電郵，一個觀賞網上劇集，一個漫無目的，在社交平台上不斷朝下一張相片和留言掃過去。植杏同自己逐個字輸入訊息，在「記念品」與「紀念品」之間猶疑了幾陣子，猶疑怎樣的說法才顯得既不煞有介事，又不太過無關痛癢。

——真的？多謝妳。星期一我第一時間要回去看看。妳相信嗎？我也放了東西在妳枱上。

他很自覺，跟植杏同交換訊息，代名詞一律用「妳」。區區部首的變化，其實意味心目中賦予對方一個特殊地位。如此細微，很可能瑣碎到對方根本無從察覺，於他卻是不可或缺。不可或缺？是的。這也許是他眾多無法解釋的執著其中之一。他感覺植杏同對他的心意也有種不可或缺，無關紀念品與否。

然後，對方突然沒有了回應。

十分鐘以後，對方依然沒有回應。

然後，他那份澳洲西冷牛扒終於轟然降在他的眼前。

上菜的是先前紮馬尾的女侍應。上次她用極簡的説話溝通，已經讓他受了一肚子氣，今次她索性連話都不説，把熱騰騰的鐵板隨手放到倫日央面前，刀與叉之間的中心點，不偏不倚，一件龐大的異物。在毫無預告的情況下，她把黑椒汁繞個圈一口氣全倒在鐵板及展示中的扒塊，像是上一回針鋒相對的後續。吱吱吱——熱煙冒升的狠勁有如放了個蚊型原子彈，把視線中所有的物象遮蔽。眼前那份澳洲西冷牛扒若隱若現，他彷彿在觀賞一次魔術演出：短暫消失的肉軀及其重現。

他想起小時候網絡上見過影片，美國的自由神像在魔術師的掩眼法下離奇變走，轉眼又神乎奇技地歸回原位。那年紀的他怎麼想都想不出如何辦到，長大後的他只希望自己都有辦法做到。如果他突然從這間餐廳消失，他會在哪個場所重現，他想。如果他突然消失於香港急速的生活節奏、高壓的工作崗位、卑微的薪水待遇、脆弱的人際關係，他的人生可以在哪個城市哪個場景重現，他想。

倫日央眼前的牛扒在熱煙散開後漸漸重現，他眨了眨眼睛，感覺到淚水累積在眼的邊沿。他其實沒有一絲感慨。週五的平凡晚上，他也沒有感動的特別理由。熱呼呼的蒸煙，飽和着黑椒的分子，飄逸，撲向他的面頰，直刺他的眼瞼，他便一泡淚水禁不住了。在昏沉的餐廳燈光下，瞇起眼，淚濕的睫毛間，忍着辛辣，他嘗試捕捉女侍應的身影，但女侍應的馬尾早已經搖到餐廳的另一邊。

——我要的是洋蔥汁，怎麼來了黑椒汁呢？

倫日央想像自己對着女侍應大聲咆哮，乘機作出有力反摯，盡情地向對方展開一輪謾罵，補償較早前的羞辱「做男人沒點主見的」，把不知道散到哪裏去的自尊稍為收拾。但是，對方經已離他遠去，泊回出餐位置附近，跟另外兩外拍檔談笑風生，一派悠然自得的模樣。他又可以怎樣，難道向她招手嗎？從這邊跨到那邊向她呼喝嗎？這恐怕吸引其他食客注目，讓自己落在更尷尬的地步。

他撥開面前最後一陣薄煙，吞下口水，鎮靜自己紊亂的思緒，凝視着鐵板上深棕得接近發黑的漿液：難道要單為一口氣，把整個餐又退回去，然後再多等二十分鐘嗎？時間不等人。由七點鐘找位置坐下，直到此時此刻，整整四十五分鐘，還等不到正正式式有一塊固態食物落入喉嚨稍為送上溫飽的感覺。大家都嚼得津津有味了，只差他一個。這原該是慰勞自己的星期五晚上，無必要跟自己過意不去。

他決定好了。

儘管黑椒汁的味道陸續爬過外套，潛進衣領，甚至延伸到衣物以內的皮膚，但他決定接受現實。用手背印乾濡濕的眼框後，他握着刀的右手，連同把着叉的左手，終於要捅進鐵板上的澳洲西冷牛扒裏面。

橫臥這裏的肉塊，沒有動靜，沒有生命。它成為食材的先決條件，補足別人的生命之前，先要失去自己的生命。橫臥這裏的肉塊，沒有叫鳴，沒有血水流出。秘訣是，用猛火燒熱鍋，直至冒出白煙，以大火煎香封邊，再每面煎三十秒至兩分鐘不等，調校熟成度，最後安放五分鐘，切開時便不會容易流出血水。橫臥這裏的肉塊，沒有感覺，沒有感情。當叉與刀用野蠻的力度捅進去，前前後後反復磨撕、切割，被宰的物體沒有反應，甚至沒有自傷自憐的心理，只有默默承受所有加諸它身上的苦難。整套平凡不過的物理操作，突然由形而下的水平，攀升至體現一種超越的神聖殉己精神。

他不知道這些奇怪的想法是從哪裏鑽出來。

作為徹頭徹尾的文科生，生理防禦機制實際如何運作，他卻一點頭緒也沒有。但當切下的肉塊，由叉從鐵板遞過來，一旦觸碰了口腔，感觀訊號遭到電擊，他立即有一種反胃的衝動。

那邊廂，木塞衝飛向上，差點擊中頭頂上的電鍍圓球形LED，香檳的碎泡卻噴瀉到生日蛋糕上的菓品，也輕輕濺濕枱面上幾部手機。兩位千金陪着壽星翁開懷大笑，彷佛世上縱然充滿天災人患，都傷不了父親六十歲大壽的這個夜晚。

幾位侍應落力配合，一時送上蠟燭，替換乾淨小碟，一時伴唱生日頌歌，還自告奮勇，為大叔一家四口拍全家幅，横的直的全身半身，一張接一張，逗得幾位客人不亦樂乎。兩位千金互相打個眼色，一個為老父樂在其中自鳴得意，一個為選對了餐廳沾沾自喜。周圍原本比較拘謹的食客，因着他們的喜慶氣氛所感染，都陸續張開嗓門，愈聊愈起勁。這張枱剛剛追加了三客甜品，那邊多要兩隻公羹，回來後面又有另一張枱趕着要討芝士粉和芥末醬去搭配新上場的薯菜和意粉。幾位侍應面對突然忙亂，顯得有點吃力。中年大叔捧着肚皮，一副福壽雙全的模樣，把香檳酒一杯接一杯灌下去，嘩啦嘩啦地嚷着一些無關痛癢的笑話，純粹闡明一個極樂的晚上，慶祝生而可幸——六十年前的這天，他降臨人間。不久前他在外頭的街燈下獨個兒叼住煙，還以為他是芸芸落寞無依的人海之中，一個活生生的樣板。

哇——

眾聲喧鬧，熾熱氣氛堆疊到近乎頂峰之際，這一聲叫喊仿佛是隻無形巨手，戳破派對中高掛的皮納塔，碎落一地讓大家驚呆得不敢作聲。倫日央環望毗鄰幾枱食客望向自己，他的雙手各執一把刀叉，在自己的胸前攤開，凝固着。至於他的嘴巴，亢奮用力後，軟弱地維持張開的形狀，裏面有嚼後依然完整的肉塊，一半黏在上腔，一半在下唇外邊垂掛，還懸着深棕色的黑椒漿液，吊成一根根的絲樣。他看起來像隻復仇的異獸。

「我受夠了——經理，你給我好好聽住。」

倫日央從位子中綳起來，瘦削的軀幹由摺疊的原狀拉高，站穩了，向着扒房出菜的位置，向着眾多食客的餐區深處，向着到處彌漫的食物味道，向着別人的融和表象及歡愉氣氛，振振有詞地喊出下面的説話之前，他首先確保把嘴巴中的肉塊猛地啐向枱面：

「你們全部給我好好聽住。我原本打算過來，只不過想吃一頓安安定定的晚餐。我要求的不高，稍稍試一下有點質素的肉排而已。這樣的願望不是很卑微嗎？生活已經讓人五勞七傷，吃好一點慰勞自己，難道有罪嗎？為什麼要這樣待我？這個城市變態的嗎？節奏急速到一個地步讓人透不過氣來。每一天上班下班，單單那段車程都已經是紮紮實實的折磨。地鐵列車已經夠長，怎會料到車廂還是擠滿人。通處都是人，背貼着背，頭挨着頭，沙甸魚都不如。多人到一個地步，連找一個地方站着，都好像幾乎不可能的任務。難道你不也是搭地鐵的麼？有沒有一個角落可以讓給我？好不容易，終於回到工作間，簡直是另一個人造極地。那個工作量，無論你有多勤力，幾有效率，加幾多小時的班，工作總是永遠做不完似的。那些不友善的同事，無法溝通的同事，自私精，自大狂，那些阿諛奉承的同事，掛兩個面孔做人的同事，為求上位不擇手段的同事。天呀，我究竟要做幾多個人的工作？還有諸多要求的上司，全時間都在差使人，勞役人，那些這樣的要求很過分嗎？經理，你答我，這樣的要求很過分嗎？」

過想做比較有意義的工作，然後等到星期五工作過後，吃一頓安安定定的晚餐。我只不廢話，那些冤氣，那些日復一日的無聊勞動，多麼令人難受，你知道嗎？

全餐廳沒有一句聲，所有人都目瞪口呆，像剛剛看過不可思議的演出，正猶豫應該拍掌還是不拍掌。放在枱面的兩杯溫水，是他一開始幾乎要爭取回來才有的。倫日央鬆開手叭啦兩聲讓刀叉放在鐵板兩邊，轉拿起玻璃水杯，一手一杯，咕嚕咕嚕吞下右手第一杯水，然後左手第二杯，除了替喉嚨補濕，更加多想是沖走舌頭上面濃郁的黑椒汁味道。辛辣的味道淡了，卻仍然殘留在他的鼻息之中。此時此刻，站到一邊的幾位侍應，都不約而同吞了吞口水，擔心有更壞的事情即將要發生。他們吞口水的聲音，旁邊的人都聽到了，把顫慄替大家響了出來。

「這兩杯水，要不是我主動要求，他們都不肯給我。經理，我想問：遞上一杯清水，不是最基本的待客之道嗎？你們餐廳請人沒有入職培訓嗎？入門口都是客人。為什麼其他人的招呼都特別殷勤，而我要個餐牌都要三催四請，難道因為我的外表不像能花錢的人嗎？我不配得在這裏吃頓飯嗎？因為得我自己一個沒有同伴，就不值得你們去好好招呼嗎？純粹因為我不吃你們的什麼西班牙、什麼日本、什麼黑毛、什麼A4、什麼限定，我就要忍受你們的白眼嗎？要不要索性把所有低價食物從你們的餐牌中剔除？要不要進入餐廳門口之前來一個入息審查？要不要把餐廳分開幾個消費區域，招呼各個收入羣組？經理，把客人分門別類，是貴公司一直以來的生意方針嗎？這種無形的隔離，其實是變相的歧視，我覺得非常恐怖，聽到真的令人想作嘔。來，你們都給我做證。經理，你望好我的枱面。要雜扒，無雜扒，要洋蔥汁，無洋蔥汁，要九成無九成。唯一像樣的餐前湯，都是貨不對辦的結果。你們究竟有哪一樣不是衝着我而來的？你們有哪一樣符合我的預期？抑或其實都視我為一個便宜的挖苦對象。」

「我受夠了。經理，我真的受夠了。你們都給我聽住。原本，我還在想向你們的公司寫封投訴電郵，寫滿五百字，寫滿一千字，將所有事發經過，巨細無遺覆述出來，將你們惡劣的工作表現如實呈現，做個紀錄，好讓你們的老闆，藉由公司制度，對你們大大加以懲罰。扣假也好，減薪減獎金也好，甚至把你們全部解僱，讓你們全部加入失業大軍，讓你們家人失去經濟支柱，讓你們親身體會，被別人看不起的滋味，被生活的巨輪壓到透不過氣來的滋味。然而，現在，我甚至連向你公司投訴的興趣也沒有了。你們不值得我花再多的時間。今晚我在這間餐廳已經虛耗太多光陰了。一個鐘頭，足夠我到書店逛幾圈，看完一集串流日劇，看半場足球，玩幾局賽車電玩，或者多睡一刻。我卻把寶貴的時間花在這令人失望的晚餐上，難為自己去啃這塊次選的嚼不爛的肉。這塊牛扒我不要了。那杯餐飲我不要了。甜品送我我都不要了。我只想結完賬立即就走。我只想把錢放低就從此不拖不欠，以後再不用踏進這間餐廳，貼錢忍受你們讓人反胃的嘴臉。」

餐廳從來就是吃東西的地方，縱然客人會傾談會說笑會議論，但餐廳從來不是發表演說的場所。剛才那篇即興講辭，可說是絕無僅有，可一不可再的場景。倫日央當然沒有期望掌聲和喝采聲。他用盡力氣講完一大番說話，只感到喉嚨乾涸起來，一股腥臭的味道，咳了兩聲，記起還握在手上的玻璃杯，才發現兩隻小杯裏面都已經沒有水。他狠狠地把空杯栽到枱面上，呯，呯，好像是兩聲空洞凋零的回響。

本來沒有彈動、一言不發的食客，終於，在小小的騷動之後，來了個短暫的交頭接耳，大家便又若無其事地繼續進行他們的晚餐。一切彷彿按了暫停鍵的電視影像，不過隔了一會，再按一下播放鍵，影像又重新活動起來。兩下按揿之間，好像什麼事也沒有發生過一樣。不久之前，大家還擔心事態會惡化，瑣碎的衝突，會突然升級到一發不可收拾的地步。假如剛才有人拿起手機，嘗試偷偷把倫日央拍下來，打算記錄他的面貌，傳開他的控訴，在網上發佈，假如手機舉得過高，被倫日央發現了，刺激之下，發難發狂，撲前要搶走對方的電話，要求刪除錄像，假如對方拒絕，反抗，繼而擦出火花，推撞，攻擊，還手，摔倒，見血，場面隨時可以失控，羣情洶湧，爭相走避引起混亂，那麼，大家不久前的顫慄，便找到理由得以實現。但是，現實中，大家的腦海都被味蕾傳來的訊息壟斷了，根本沒有興趣留下什麼紀錄。現實中，大家等他自說自話完畢，轉過頭，一句話都沒有放在心上。幾個星期之後，大概只記得曾經有個男人，在餐廳因着很小的事情而激動毛躁，不過是本地投訴文化又一事例。

鄰座的兩位女士繼續低聲交談，在熱咖啡和凍果茶的暗香中，分享紛陳的心事。斜對面的中年大叔，重新抓起香檳杯添飲，面頰愈發漲紅，說的生日笑話變得更難理解。他的太太安靜地在旁邊，垂頭小口吃着檸檬蛋糕，什麼都無法聽進去。兩位女兒再次交換眼色。

侍應掛上新的面孔，把帳單遞過來，打斷倫日央呆滯失焦的凝視。他把信用卡送出去，不過幾分鐘便返回來。離開餐廳的時候，跟他進來的時候分別不大，食客都舉止規矩，儘量不想打擾別人。終於走出餐廳門口的一刻，他的內心有種無法言喻的失落。夾在室外與室內之間，在無傷大雅的背景雜音中，隱約有把聲音從他後面傳來——

「真好笑，他以為這裏真是高級餐廳嗎？」

昏黃的光是從高懸的街燈灑下來，這是肯定的。倫日央沒有抬頭的力量，也沒有勇氣回望，只能把聽到的吞下，當成是充肌的碎骨。離開的路上，他一直吃力地往下吞。

口袋微顫了幾下，是手機傳來植杏同的訊息，遲了足足個多小時的回應。他回到家中，淋過澡，直至上牀睡覺的時分，仍沒有發覺。

那夜凌晨，他在睡房與厕所之間，一共穿梭了九次，沒辦法睡得好。他可以肯定，只得一個原因——完全是因為那客黑松露蘑菇湯。

腹瀉．回憶．西西

4月8日 星期六

碰上倫日央睫毛的微風，停在他的鼻翼，盤旋少時便消散。他合着眼眨了一下，再眨一下，眼皮沉沉的仍然壓住。第一次半睜開眼睛，瞄向牀尾的鬧鐘，時間是九點半過些許。陽光穿透窗簾的夾縫投進來的角度，剛好一半打在牆上，一半打在枕頭邊，還沒有猛烈到粗暴的程度。倫日央意識到這個是星期六的早上，合上眼，又睡過去了。

明晰夢境一直都存在，只不過他偶爾忘了，偶爾心頭記掛其他事情，轉過頭便不以為然。所謂明晰夢境，即是置身夢境之中，卻又帶着強烈的自我意識，知道自己正在做夢，清楚夢裏頭的細節，醒來有明顯印象，像水蒸發後，在玻璃窗留下水跡。他見到自己站在佈置華麗的餐廳門外，自己頭頂掛着生日帽。他懷着雀躍的心情走進去，首先招呼他的，是接待處負責叫籌號的一頭野牛。牛給他遞上菜單，命令他在一張坐滿人的卡座旁邊蹲下來。下單後，廚房處傳來刺耳的尖叫聲。出於好奇，他從擠擁的食客中探頭偷看了一眼，發現一隻蝸牛打扮成廚師，正在慌忙地預備菜式。

突然，蝸牛停下來，轉向他，問他是否要試試餐廳當日的廚師推介。他肚餓得什麼都不顧，只會答是，是，是。立即出現在他面前的，是一道超現實的菜式——說不出是什麼味道，但每咬一口都會變色的肉扒。這時候，他望向卡座，才發現坐滿的都不是人，原來包圍自己的是一羣會說話的黑毛豬和老鼠。牠們全部戴着高聳的生日帽，一面搖着頭裝作歡愉的神情，一面把天花上的燈泡逐一挑破。他兩排顎腮不停張開又閉合，如同機械式的齒輪，口中的肉扒被擠壓底下，繼續放出千變萬化的彩光。到終於嚼得累了，他便把臉擰轉，向玻璃窗那邊望到街外。看着看着，竟然看到自己的雙眼在倒影中泛着淚光。同樣泛着各種顏色的淚光，和背後一羣生日派對中狂歡跳舞的哺乳類動物，相映成趣。

雖然自己分明是纏在夢中，他三番四次要把自己叫醒，仍是徒勞無功。他愈焦急，自己就愈像一個嗜睡的病人，愈難被叫醒。他遠觀睡夢中正在睡夢的自己，一層一層深陷下去，像隔阻的玻璃以幾何數目逐分逐秒倍增，直至幾乎再看不清彼方的輪廓。

滋、滋滋——

他回過頭，以為是鐵板與醬汁在高熱的刺激下發出的惹味聲響，又以為是餐枱上的野畜輪流噬咬食物的噪音。他低下頭到處尋找聲源，然後舉頭一望，天花上的燈泡，透出起伏有致的鎢絲，好像是點燃了熊熊烈火的山脈，沒有撲熄的希望，先是滋滋作悶，然後霹靂啪喇，轉瞬間由這邊傳到那邊，一串串的燈泡，羣起霹靂啪喇，炸開了高聳的生日尖帽，炸開了歡愉的氣氛，停不了的霹靂啪喇，炸開了他的視線，炸開了千變萬化的彩光。

把他炸回到現實中的枕頭邊。

手提電話清晰顯示，時間為早上十一點四十八分，連忙滋、滋滋的顫動——兩個未接來電，八個未讀訊息，其中三個，由植杏同傳過來。

第一個訊息昨晚傳來，已經隔過夜，是這樣的：「剛才一上巴士便昏了過去，太累了。你放了什麼東西在我的枱上？快說。」

第二和第三個訊息剛剛傳來，就是把他從古怪的夢境拉回現實的震響，是這樣的：「還是留個驚喜，待我星期一揭曉。」以及這樣的：「無論昨晚過得怎樣，今日一定要好好放鬆一下。有空記得出去走走，呼吸新鮮空氣。週末愉快啦！」

樓上冷氣機的滴水問題嚴重，由首天搬進這個單位，便滴滴答答讓倫日央不勝其煩。白鴿是另一個讓他頭痛的地方。他睡房的側窗，永遠都沾上白鴿糞，抹掉以後隔天總有辦法再濺過來，沒有臭味，但礙眼。至於他的腹痛，經過徹夜九度的折磨，算是平靜下來，但取而代之，是空虛的腸胃，瘦軟的四肢，脹痛的頭殼。

就算植杏同的短訊滿是正能量，為他帶來一絲安慰，但最多讓他如沐春風，一陣來，一洗昨晚的頹氣，一陣去，還是不能當成能夠治病的一帖藥，能夠填肚的一餐。整晚沒有食物進入消化系統，僅餘的食物殘渣全排出體外，他感覺自己的身體是溶化中的沙漏持續流失，體重隨時跌至年度新低，一百一十磅那條底線都似乎快守不住。在輕飄飄的感覺中，倫日央想，出去走走是沒有可能的了，外面的新鮮空氣與他無干，週末愉快，四個字唸出來，似是別有用心的嘲諷。

白鴿拍一拍翅膀，躲到窗戶外的簷篷，不消一分鐘，側窗又增添幾道墨綠色的痕跡，玻璃上染鏽的淚斑。白鴿的消化系統什麼構造，究竟跟人類有何異同，倫日央突然變得好奇。

這個房子住了剛滿一年，是他從娘家搬出來第一個地方，還在適應中。跟工作的學校有點距離，但好處是跟娘家同區，隨時互相照應。香港樓價高房租貴，月薪才不過是一萬多幾千，一闊三大，他怎會不知。搬出去不是他自己的意思，反而是他老媽的意思。

——媽老了，要開始適應沒有你的日子。你也大了，要學習獨立生活，自己照顧自己。聽明白嗎？

——哦。

那一次對話後，他知道是時候搬出去。被趕走的感覺不是完全沒有，但有些事情，時候到了，無論多麼不情願，都要隨步向前，像升降機門開了，自自然然，後方便有人把你推出去，幾乎不花氣力。他馬上到處找地方，東找西找，整個九龍可以負擔的都考慮過，最後還是留在同一區，權衡過，租金比較相宜——意思是，平均除開一半後。

與他合租的是大學同學，丁宥亭，二年級由工程系轉到中文系，畢業後自己搞小生意，在網上賣東西。倫日央沒有當過丁宥亭是老友死黨，丁宥亭也並非跟倫日央特別投契。大學期間，兩個人不過在小組滙報合作過一次，然後莊務往來幾次，另加畢業後的年度同學聚餐，遠遠坐在餐枱另一端背景式的存在，僅此而已。兩個人走在一起，住在同一屋簷下，一定是閨蜜摯友嗎？不一定的。也可以是純粹互利共生的關係。原本港幣一萬四千的租金，多個人分擔，自然輕省許多，兩個人便聯絡上。更何況，丁宥亭負責大份，月付八千，要了大房，倫日央負責小份，覺得自己省了一筆，算是走運，大家一拍即合。

白鴿拍一拍翅膀，撲向對面另一棟大廈的窗戶，倫日央額尖突然一下刺痛，想起昨晚是每月最頭一個週五，丁宥亭例牌在女朋友家過夜。怪不得外面沒有半點動靜。

平時丁宥亭起牀總是吵吵鬧鬧，頭等大事是開裝置放音樂，然後洗面的水龍頭開得特別猛，沖咖啡的杯子左碰右碰，出門口關鐵閘也用盡九牛二虎之力，唯恐無人知道，對存在感的需索特別高。倫日央也不是完美無暇。他習慣早上起牀沖涼洗頭是一個問題，把浴室地面弄得濕漉漉又是一個問題，偷用對方的沐浴乳、風筒發出噪音、毛巾發出臭味、佔用廁所時間特長，通通加起來，就是一連串的問題。相見好，同住難，更何況，他們兩個的友誼基礎不算札實。對方的生活習慣看不過眼，其實很正常。幸好兩個人相處尚算融洽，至今未曾因日常瑣事而大動肝火。可能男生都喜歡把埋怨往肚子裏吞，沒有說出來而已。

無論如何，一年下來，各自的習性總算了解更多。事實上，這三百多個日子，在不知不覺間，已逐漸織成他們之間的連結，類似兄弟之間的情意。間中，他們會一起到樓下的老派茶餐廳，嘆一個週末早晨特餐——火腿炒蛋、沙嗲牛通、茶走檸水——然後到超級市場，把一袋二袋的汽水、罐頭、厠紙，合力捧回家去補充物資。最初，茶餐廳老闆和超級市場售貨員，都曾經以為他們是兩兄弟，後來發覺他們根本沒有一點相像的地方。的確，論及他們的性格、品味、喜好，要數交疊之處是大海撈針。唯一例外是，假如週末沒有其他節目，他們可以相約整天嵌在梳化裏頭，一左一右，在電玩的世界裏頭玩得天昏地暗。

兩個大男孩，原本天南地北，卻被命運拉在一起，把共享的天地有一塊沒一塊搭建起來。

譬如說，電視機前面的無線藍芽長條喇叭，體積小巧，音效圓渾，是丁宥亭入伙時送給自己的入伙禮物。電視機右側的小書架，倫日央從娘家搬過來的時候，撞傷旁邊的夾板，壓出一道裂痕，卻不礙安置他為數不小的漫畫和小說。真正拿起來讀的時間稀少，大多只放着，但放在那裏他的心就不其然感覺踏實。梳化牆壁的兩層排架，一路延伸去到大睡房裏面，是丁宥亭的珍藏。一部分超級英雄系列的模型固然威風凛凛，另一堆日本動漫少女系列，各有姿色，造型性感得往往讓倫日央不知道把眼睛放到哪裏是好。聽說大多是待售的，價值一般，隔一陣子便換另一批，貨如輪轉。當成五顏六色的擺設是不錯，為單調乏味的男性化客廳，增添豐富的視覺元素，雖然這些塑料面孔，認真看上去其實都差不多。至於真正高價的，那些紀念版、限量版、聯乘版、非賣品，全部放到精緻盒子中，儲存在丁宥亭房內特設的防潮箱內，反而不見天日。除了手辦模型，丁宥亭比較昂貴的玩意還有酒。各式各樣的酒瓶，白酒、紅酒、清酒、砵酒、甜酒，還有威士忌、氈酒、伏特加，雜七夾八，喝完之後留下來，便充塞着每個角落。視乎季節、心情，丁宥亭間中便要倫日央陪他飲一杯半杯。倫日央不好杯中物，通常碰碰嘴，呷一呷，對方便藉故把酒搶過去，杯接杯的吞，再聊半個鐘頭，整支酒就沒了。好些晚上，清醒的他等酒終於飲光，還要把對方拖回牀上，再善後清潔酒樽、嘔吐物、以及只有酒後才通處流瀉的落泊心聲。酒樽堆疊起來，彷彿仍有活的情感埋在下底的碑銘。相對而言，挨着酒瓶的夏威夷小結他便單純得多了。倫日央斷斷續續學了三兩個月，然後便丟在那邊封塵。

他攤軟在自己睡房的被窩中，想像房門以外的一切物件，在週末飄揚的微塵間，靜默無語，等候着主人有什麼動靜才打算。

白鴿沒有飛回來的聲息，樓上冷氣機滴水依然綿密，自己的肚皮此時傳來咕嚕咕嚕的哀鳴，示弱一樣，真不爭氣，他想。倫日央搞不清楚，究竟是第十輪腹瀉的災前預警，抑或是超過十二小時沒有吃東西，純粹瀕臨餓壞的最後呼喊。他的直覺告訴他，先處理好基本機件問題，才有本錢處理肚腹之慾。他知道他需要一塊藥片。

身體是個很奇特的東西。前一天他精神飽滿上班，在車廂中搖來晃去都泰然自若，無阻他手眼並用，車程內出好「全焦」題目，帶着植杏同離開地鐵站急步踩回學校，然後超過連續八個小時工作，處理中文科庶務，服侍這個又跟進那個，連午飯都差點擠不出時間，依然面不改容。可是，事隔四十八個小時的這個早上，他渾身乏力，像個完全沒有用的人。平情而論，影印房的流血事件可能有點影響，畢竟失過血，作虛可以理解，心理上也總會損耗元氣，卻未至於直接染疾。況且血早已止住，體內天然機能即自我補充，傷口已在康復中，大事化小，小事化無。再想，西餐廳奉客的蘑菇湯確是直接元兇。整晚放入肚子只有那湯，嫌疑的只有一員，幾乎不用盤問都可以下判詞。然而，區區過期的菌類，不足以讓倫日央半夜要九次爬到廁所。況且，菌類也會過期嗎？菌類起的霉菌不是一樣的菌嗎？抑或次貨黑松露的殺傷力才是驚人？倫日央其實可以打給老媽問一下，但事到如今，他連用手機上網查資料的動機都缺乏。他在腦海中掃視了一圈，突然有一個想法：**抑或，如此破天荒的嚴重腹瀉，其實是壓力爆燈的極端訊號？**

想到這裏，倫日央再次感覺體內有股勁在翻滾，像他的身軀深處要吼出語句，把難以言喻的生活壓力，藉形體表達出來。他需要一塊藥片。只要壓下生理的澎湃反應，便能抑制心理積厚的惡垢，他想。

他把腳掌放到地面的時候，氣力未及送出，頓時軟下來，幾乎整個人傾倒過去。他用手扶着牀側，大半條臂膀倚着欄柄，定神，借力，調整平衡，再發力，緩緩地終於站立起來，迎來窗外週六正午的陽光。他已經遠遠的忘記了三歲初次學走路的感覺，唯有掂量着，彼時跟這刻是否不盡相同。

雖然身體還是有點滾燙，想必然出了毛病，但一步左腳，一步右腳，他踏踏實實、戰戰競競步出睡房，重新證明自己是個活人，未失去基本的用途。大睡房是空的，丁宥亭果然沒有回來過夜。客廳所有物品佇守原處，像等候一下司令，便會立時重現生機。四處圍觀的模型，那些定格的少女和英雄，他們究竟在羨慕他的生命抑或鄙視他的生命，他無法肯定。他側過頭，斜步走進廚房，拉出餐具下面潛放的藥箱，嘗試找出有效方案。

放藥的膠箱儲存的，都是以前用剩的藥品，來自公立醫院，來自私家醫生，來自藥房，或超市，蒼蒼白白的小盒子，半濁半透的密實袋，收納各式各樣的膏油、丸子、液體。他把藥箱翻來倒去，把各個包裝拆卸，然後回復原狀，把打印在旁邊的文字逐一細閱，密密麻麻的學名和成分讓他頭昏腦脹。眼藥水、鼻敏感、咳嗽、頭痛、皮膚敏感、暗瘡，連痔瘡藥都有，偏偏沒有止瀉藥。

倫日央盯着呈長方狀的透明藥箱，這個私人時間囊，某年某月某日植在地底，巧合之下，如今挖掘出土，讓自己回顧自己的患病史，勘查個人的大事紀要。搬出來一年多的時間，的而且確，他的身體陪他打過不少硬仗，每支藥水，每顆藥丸，都有記載。算是一一克勝了，但不免遍體鱗傷。一年以來，他其實很努力學習照顧自己，從飲食做起，定時定候填滿肚子，記得喝水，少吃煎炸食物，戒絕過量的甜、咸、辣。他很努力撐住好一段時間，間中出了小毛病，便趕快找藥吃，儘量爭取休息，社交應酬可免則免，才能勉強沒有倒下。他的努力應該被欣賞，像做對事的孩子，值得被摸摸頭表示讚許。但沒有止瀉藥的藥箱讓他苦無頭緒。體溫持續搶高，他的手掌撫着，意識到臉頰在灼燒。身體是很誠實的器具，不擅長隱瞞，在適當的時刻，總是一五一十用它的方法，把人的本相揭示出來。他在反光的盒蓋突然看到自己的病容，大為吃驚。

只不過是腹瀉，他不知道為什麼會想起死亡。

假如他一直沒有合適的藥吞下去，他的病會自己退下來嗎？假如他體內再沒有可瀉的材料，他的胃酸會讓他更難受嗎？他的生命會更接近警戒線嗎？假如他第九次腹瀉後，還有第十次、第十一次、第十二次的話，他還有力氣下牀嗎？他會直接在牀舖上讓排洩物放出來嗎？假如他沒有食物，沒有水，沒有洗澡，一直留在牀上，無人問津，無人知道，變虛弱，變絕望，他會發出臭味，傳到旁邊單位住客的屋內，驚動警方，最後登上翌日報章港聞版的某段內文嗎？假如他一生中最後的二十四個小時，注定要以這種方式度過，迎向他的終章，他會有所遺憾嗎？會有人為他而哀傷嗎？

只不過是腹瀉，他竟然聯想到死亡。

假如一輩子就這樣攤在牀上，離不開病塌，可以肯定，他不會像普魯斯特一般，寫出《追憶逝水年華》七卷，留低不朽巨著，讓後世捧讀、懷緬、景仰。倫日央沒有普魯斯特的茶杯和瑪德萊娜蛋糕，他幾近沒有社交，更何況想像中的舞會、派對和沙龍，他的城市沒有塞納河畔和香榭麗舍，他的生活油上截然不同的底色。就算同樣臥牀不起，他沒有成為普魯斯特的必要條件。別說他尚未成形的寫作計劃，那句無以為繼的「**與其為着構思完美的句首而糾結，徒勞無功，倒不如把想法如實寫出來，直接了當**」，老早經已拋諸腦後。就算是他正式留下的文字，說到底，都不過是為了服務師生的工具，是應付工作的廉價文字差事，換口飯吃，談不上文學價值。

只不過是腹瀉，他又再想起死亡的臨近和套路。

他的老爸是在他小六的時候過世的。老爸患的是肺病，自年青起習慣抽煙，為了賺錢養家，從沒有心思顧及自己的身體健康。四十歲未到，就是倫日央小六呈分試那一年，老爸便經常出入醫院、診所，甚至要跑到內地，尋訪相傳能醫百病的神醫、起死回生的偏方。老媽要打理家頭細務，做兼職幫補藥費，倫日央便被委予重任，經常陪老爸東奔西跑，走遍千奇百怪的療病場所，因此從小看過人間疾苦，嚐盡冷暖滋味。他更有機會近距離觀察病者，就是自己的至親，如何日漸萎靡，由好端端一個壯碩的男人，慢慢失去胃口，失去健康，失去工作機會，失去體重，失去笑容，失去活動能力，失去希望，最終，失去脈搏及所有生命氣息。

老爸走的那個晚上，他一邊待在旁邊，一邊用手指甲掐住大腿內側，不許自己哭。他想了很多，也說了很多，一句一句餵到老爸的耳邊，那是年僅十一歲的他，想得出最孝敬父親的方法。對方卻一句話都沒有留低便走了。他的哭聲，尚未歷經青春期荷爾蒙的洗禮，無視成年人世界的規範和禁忌，用刺耳的分貝和頻律，讓整層病房都從夜的寂靜中被摑醒。無論是病人、護士長、清潔嬸嬸，所有人，都徹夜難眠。

那一年，倫日央的呈分試成績大失所望，班主任被嚇呆，對他的失準難以置信，但愛莫能助。倫日央升讀的中學不知是他第幾志願，只知道中一中二頭兩年，他都是渾渾噩噩的過。死亡之於他從來不是遠古的神話。他們很早已經碰面，摔跤互搏。死亡很早已經拿走他的老爸，並在他的大腿內側，以及心靈深處，留下永不磨滅的坑痕。

只不過是腹瀉，從有關死亡的回憶，他被帶回到有關成長的回憶。

中三那年是轉捩點。因着老爸的離世，加上反叛期效應，在一間完全沒有歸屬感的學校就讀，他有充分的理由當個不求上進的學生。他遲到、堂上睡覺、欠交功課、甚至無故缺席。老媽成為家庭唯一經濟支柱，幫人托小孩，有時另加出外兼清潔工作，顧不了他，只能放手。他基本上無人管束，可以為所欲為，卻應承自己，底線是，無論多壞，不要出手打人。自己的事，不要連累別人。

整個初中生涯，他把光陰虛度在球場、快餐店、遊戲機中心、睡夢與白日夢之間。兩年多的課堂，他一無所獲。等到中三上學期派了成績，人人都為中四選科籌謀、擔心，身兼英文老師的班主任，終於要把他召見。倫日央記得，教員室在放學鐘打過後，發出古肅的書簿味道。英文老師兼班主任何老師要他檢視自己的表現，要他逐科自評，猛要他訂定目標，保證下學期好好用功。那個午後相當漫長，拉到日頭都整個不見了。倫日央很記得，何老師最後跟他說，再不改善便不許他升班。他最初想頂嘴，說留班沒什麼大不了，他不介意也不怕，反正升班留班他都打算一直這樣過，沒分別。誰知何老師一下命中他的要害：

——你忍心媽媽多辛苦一年嗎？她還有幾多年可以操勞？

班主任顯然關切他的家庭情況。倫日央胡鬧的這兩年間，跟老媽真正相處的時間不多，大家都在外面，一個打滾，一個蹉跎，唯獨是每晚晚飯的二十分鐘，不得不迎面獨對。餐枱上，兩口子相見無語，電視機永遠播着新聞台的內容。他們好像達成某種秘密協議，讓千篇一律的影像充塞客廳寧靜的空間，任由冷漠無感的腔調填滿各自內心的巨洞。偶爾老媽把一片雞胸夾過來，他才反射作用發出一聲「嗯」。偶爾抬起眼望向對方，他才發覺，老媽頭髮的黑白比逆轉了，眼皮沉降遮住了半個眼珠子，頸項佈滿紊亂的皺紋，手背的皮膚變得更粗糙暗啞，碗裏面盛着的飯菜，由始至終，都稀少得很。她還有幾多年可以操勞？

記住何老師的問題，他進入中三下學期，進入截然不同的起跑點。

改變聽起來總是戲劇性的，彷彿多破爛的局面都能一夜間重圓。然而，把濃縮了的時間軸鋪張開來，置身其中，日子還是一天一天地過，改變還是要一點一滴積累。來一個選擇性盤點：倫日央中三下學期榮獲進步獎，中四起選修首個志願的中國文學，中五贏得校際中文寫作比賽——得獎作品是一篇關於他母親的散文——中六被選為畢業班代表致畢業辭，最後，公開試表現優異，聯招放榜，順利獲得中文大學中文系取錄。回想起整個成長旅程，分水嶺就是中三班主任問他的兩個問題。

但是大學就是一切的盡頭嗎？中學時代，年青人總是以入大學為最高目標，初中視為遙遠的理想，高中日日夜夜奮鬥硬拚的初衷，人人無不以入大學為人生的終極關懷。倫日央升上高中的時候，開始學懂為明天想像，也曾經以為大學就是一切的盡頭。後來終於考進大學，他驀然發覺，原來明天的明天還有關口在前面等着他。原來看似盡頭的地方，跨一下，路又在腳底伸延要他繼續走。想起老媽，他便繼續走。

「主修中文很沒趣吧。」倫日央的中學同學時常找機會揶揄他。「香港地中文人人都會，大學再花四年，倒貼十幾廿萬去主修中文，到底有沒有想清楚。」他彷彿聽到那些僅餘的親戚，在家庭聚會中，三番四次拿這個話題來消遣。多多少少有些不好受，但他都沒有理會，一股蠻勁，只想好好讀到畢業，到時候再算。於是乎，大學四年，許多過來人回憶中最耀目璀璨的光輝歲月，他卻選擇以一種最幽閉、最黯然的方式度過。人家都在忙於拍拖、活躍莊務、學炒股、報交流團、找補習賺外快，他逆流而行，整日鎮守大學圖書館，不是打論文做功課，便是找書看，埋首文字海中。他別樹一幟的作風，不但在當年整個學系出了名，更讓大二轉入中文系的丁宥亭大開眼界。

——我以為工程系已經夠多奇人，想不到中文系人外有人。

誰也想不到，倫日央這個其貌不揚的人，正是丁宥亭轉系過來最需要的接觸點。本來推動丁宥亭加入中文系的因素，最主要是悖逆父母的意願。他們愈想他讀點實用、有前途的學科，他愈要找些虛無縹緲、沒有市場的東西來讀。當然，也因為中文系出名女生多。但是，因為倫日央的存在，丁宥亭反而認真起來，把起初輕看的課業，出盡九牛二虎之力，要後來居上。

倫日央記得，就在不久之前的一個週末晚上，丁宥亭多喝了兩杯威士忌，捲縮在沙發一角，不知是醉着還是醒着的有感而發，給他吟哦了好一段想當年：

「想當年呀，全班同學只有你跟我爭。我辛辛苦苦，由工程系的腦袋換成中文系的腦袋，花了我一半的天才，好不容易才追上來呀，到最後，一級榮譽還是給你拿走了。肯定呀，教授們要我以極少分數屈居你後面。我多不甘心，你知道嗎？我從來想要的都要定的，卻竟然栽在你的手下，你這個呆頭呆腦的悶蛋。但是呀，今日我還是好痛快，爽呀。你知道為什麼嗎？因為今日我有的，你都沒有。看你這個大傻瓜，拿着一級榮譽畢業，那又如何？最後又沒有找份政府工，排隊做官嘛，連正正經經一份教席都沒有，竟然走去當個屁用的教學助理，屁用。看我。有自己的生意，有女朋友，你都沒有。有時候我想，幸好當年沒有像你一樣一級榮譽，否則倒霉的可能是我。但我又想，你究竟怎麼搞的呀？」

他服過退燒藥，迷迷糊糊中，許多回憶猶如夏日的一場驟雨突然洶湧而至，毫無先兆，轉又復歸平靜。既然沒有肚瀉藥，見到必理痛的包裝盒，他想也不想，便破開兩塊藥片吞了下去。

有時候，連他都不清楚自己究竟怎麼搞的。

畢業以後，倫日央就是沒有申請政府工，又沒有申請教席。同系的同學趨之若鶩的前途，他都沒興趣。同學都很好奇，他們眼中獨立特行的狀元，那位泡圖書館泡出一級榮譽的怪人，回絕了處處機遇的樹林，是否全心摘取不為人知的奇葩？沒有。教授都藉故探問，他們心目中最有能力勝任的學術繼承者，是否有意學師深造，將來成為獨當一面的新晉學院權威？沒有。連老媽都着急了，就算對讀書人的世界毫無概念，她都開始思疑，難道她的獨子，像她看得太多的通俗歷史劇集一樣，情願拋棄大好前途，不愛江山愛美人，白白糟蹋改變家族命運的契機？

沒有。

真的，那時候大學畢業，他真的不清楚自己究竟怎麼搞的。唯一在他裏面暗暗發光，讓他毫不猶豫全然擁抱的，就只有他的作家夢。但寫字可以糊口的話，他以前投寄過的稿件，便不會被全數退回了。因此，畢業的一刻，從中三下學期以來，一直累積的等第和成就，忽然間，好像一朵雲彩，瑰麗過，最後化為烏有。彷彿一個跑手，一直向前跑，走過無數路標、里程，歡呼和掌聲都曾經贏過，只不過停下來喝口水，忽然間，兩條腿再走不動。怎麼搞的，他完全想不出個究竟。

忽然間，他底子裏什麼都沒有，除卻有種強烈預感，純粹認為，這份工作時間太長，會搾乾他的精力和生命力，那份工作太靠攏制度，勢必扼殺獨立思考，總之不會是他那杯茶。直覺告訴他，人家心目中的優差、金飯碗，將會是他後悔莫及的不歸路。可以的話，他也想選擇自己的人生，選擇不去過自己不想過的人生。但什麼都不做，日日待在家，飯來張口，衣來伸手，又怎會是法子，老媽怎會放過他？最後，他刻意在履歷表上隱去自己一級榮譽的成績，經過幾次面試，終於找到第一間學校，當個教學助理職位，看準其要求低，彈性大，週末放假，人流不複雜，準時發薪。他同時砌詞跟老媽編故事：都是為教育界出一分力，作育英才，差不多。

好景不常。不到三個月，他發現，教學助理這份工作，沒有他想像中那麼簡單。要求低不錯，準時發薪也不錯，但就是為了吸引初生之犢進場，陳設誘餌，等待時機成熟，便原形畢露，施行各種各樣的勞役，榨取最大利益，然後用最基本的報償，確保獵物不會落荒而逃。成為局內人，浸足夠日子，細心去想，不對勁的方面，原來比外人知道的更明目張膽。譬如，週末不跟正式教師一定放假，學校規定，教學助理跟辦公室員工與工友做法看齊，一律行長短週制。遇上特別活動日，像上次校慶開放日，星期六原先短週假期沒有了，還要整個預備週每日白白送上額外工時，換來只有極微薄的補薪，如要申請補假，繁複的程序自動叫人望門興歎。

又譬如，說人流不複雜嗎，只要進入整個學校生態的深層結構，就發覺無論是老師圈子，抑或學生圈子，兩者都是暗湧處處的混濁江湖。年青人之間互動的曲折，從來都不容小覷。純真的成分不是沒有，但放在血氣方剛的少年當中，不過是袖珍易溶的冰塊，一不小心，就不知道化掉有沒有剩，一灘凍水幾時可以凝結還原。朋輩壓力和校園霸凌都不是無中生有的故事。一個成年人置身少年羣堆中，猶如大象踏於蟻海之內，有時候都難以自處。他們萍水相逢，每日的摩肩擦踵，又怎會無風無浪？班房內外數不盡的殘酷物語，在在預演着他日長大後的悲慘世界。再說老師圈子，雖不至於商業世界一樣，爾虞我詐，弱肉強食，每天進行至醜陋、至血腥的生存淘汰賽；但外表斯文、飽讀詩書的為人師表者，明槍暗劍起來，隨時更加冷血，更加令人髮指。下有莘莘學子需要管教，上有管理階層要聽命，身邊還有同事要爭成績鬥形象搶歡心。結果纍纍的春風化雨，其間免不了無數場腥風血雨。

倫日央只好承認，當日誤判了。為什麼以為當個教學助理，就能夠避開現實中種種令人失望的瑕疵與污垢，保住自己想過的人生？他錯了。讀書畢業以後，其實走任何一條路，都可以是後悔莫及的不歸路。到後來，為什麼要轉第二間學校，為什麼到今天仍然只能日復日上班下班，為什麼這兩天會有如此糟糕的際遇，為什麼這刻竟病得糊里糊塗，答案已經很明顯。

就這樣，他又昏睡了好一段時間。退燒藥溶化在腦海中，混入翻波的往事，漸漸發生果效。原本燙手的面頰，被潮水般的回憶濯洗過，終於一點一點回復正常體溫。

時間一分一秒流逝，他以為已經是四十八小時過後的世界，好像經常聽別人說的，大病時一沉不起，不知不覺陷入漫長的昏迷。至少過了二十四小時，他想。一於跳過星期六，讓密密麻麻的生活留下空框，讓營役勞碌的生活，容許消失了的一天，不明所以，對世界宣佈，什麼事情都沒有發生，刪去月曆上的一格，只管睡覺，以及夢中的其他。

可是，當他打開眼睛，一片白茫茫，他以為自己已被提送到另一個國度，眼瞼四圍卻是黏手的分泌物，提醒着一種濕軟的現實。他充滿戒心地，逐一擦走封阻視線的細碎膠質，原來眼前開始發霉的白色，不是瀕死空間的異光，而是釘在牆上，擺放丁宥亭珍藏的兩層排架。他迷迷糊糊間，吞下藥片便在梳化上倒過去，伏在一眾塑料模型的陳列架底下。下午時間三點二十八分，星期六，手機的顯示既清晰又準確，不容挑戰。他沒有如想像中跳過週末，卻似乎已經越過病患的門檻，奪回常態的身體。

腹腔附近傳來短暫而劇烈的抖動，他以為腸胃的戰事要捲土重來。其實這種特殊的抖動，只能是來自手提電話的短訊。

——大日子沒有我很寂寞吧

什麼大日子？誰的大日子？沒頭沒尾的，來自丁宥亭的訊息，一貫連標點符號都沒有，總要他瞎猜一輪。

——今日什麼大日子？你跟 Delilah 要結婚了嗎？怎麼沒收到喜帖？

倫日央幾分鐘前才正式睡醒，能夠搭嘴，不比下去，已經算是不錯。不能對大病初癒的他要求太多，假如他真算是病，假如這當成癒。米黃色的牆身下，襯着綠松色的梳化，正是丁宥亭女朋友 Delilah 的意思，是最初入伙時丁宥亭付全數買的。美觀與否，完全見仁見智，倫日央沒有置喙的興致。唯一他感到衷心不滿意的，是梳化造料太軟，躺上去看看電視、爬爬手機，沒問題，甚至很舒適，但在上面睡一個刻鐘，再起身便立時整個背板硬起來，久久彎不了。膊頭跟頸都放到一處，鬆開便再等它麻痺大半天，很不是味兒。

每件傢俱都有它獨特的歷史。同樣，每件傢俱，都有喜歡它的人，不用理由，也有討厭它的人，義無反顧。

「有消息一定第一時間通知你，放心。提早儲備人情，到時候別賴我不預先提醒你。開玩笑啦。大日子，四月九日，今天，不就是你的生日正日嗎？你不是忙到連自己的生日也記不起了？太誇張了吧。等我算一算，幾多歲啦——廿九？廿八？應該還有一年才到三十，廿九，大概沒有記錯。抑或我真的記錯？」

丁有亭一口氣錄下一大段語音，省卻了標點，索性放棄了逐個字輸入。自從上一次，他把倫日央的生日四月九日，記錯變成九月四日，結果被罰了一頓自助餐，他就牢牢記住了教訓，四月九日。

「對吧？沒有我在身邊，應該很寂寞，對吧？不好意思咯，每個月頭一個週末晚，要給女朋友嘛，老規矩。女朋友要花時間陪的，沒辦法，你應該明白的，即管想像一下。話說回頭，大日子，今日有什麼節目嗎？廿九歲，大個仔，自己找個女朋友跟自己慶祝生日，爭氣，好不好？若不，就要自己找找節目，習慣一個人過生日，哈哈。大日子，千萬別宅在家，發霉有毒的。出去走走，逛個圈也好。最多，你出去給自己買個生日蛋糕，小小的，半磅就夠，今晚我再回來陪你吹蠟燭，你說好不好？先旨聲明，我未必趕得及凌晨十二點前回來，要看情況，女朋友，你應該明白的。」

倫日央將語音速度調到一點五倍播放，還是覺得聲音訊息太過長，聽完又一陣頭昏腦脹。身體仍然很虛弱。說到底，他還是比較喜歡閱讀文字訊息，遠勝於交換語音。雖然內容龐雜，他清楚無必要逐一回應。於是，回應只有一句：

——丁宥亭先生，明天才是四月九日。

他在電話這邊想像，丁宥亭跟他的女朋友 Delilah，在週六這個下午茶時分，在某個大型商場一所高級咖啡室的角落，快活到不知道日子為何物，卻被杯中的凍伯爵紅茶突然嗆住了。丁宥亭見女的面有難色，立即裝個鬼臉，吐吐舌頭，說句詼諧話，讓氣氛回復輕鬆，兩個人便又繼續一把叉將芝士蛋糕一口接一口分着品嚐。

而他一個人，獨守家門，臥在不屬於自己的梳化上，渾身乏力，被迫着接受過早的生日通知。他與外面世界的熱鬧繽紛無關，他與茶、餅無關，與女朋友無關。他不想再想像下去，一切與他無關的。

——是嗎？那就剛好，一於今晚十二點一過，第一個跟你食蛋糕慶祝生日！

——你知道嗎？我差不多連命都沒了。

訊息格上的文字，剛打出來，又被他一一刪去，最後什麼都沒有寄出。他原本還想把自己的情況，由昨夜的腹瀉，一直到今早發熱，由昨夜不如意的晚餐，一直到奇幻的夢境，由回憶的來襲，一直到剛才退燒藥迅速見效，和盤托出。

最後，他還是全部刪掉，自己用手，像把牙齒拔掉一般，硬生生從原位逐一移除，執行一種接近自我排拒的粗暴行徑。他又再嘗試制止那想嘔吐的感覺。是的，對於他而言，每個方塊文字都是生命的有機載體，承托住大大小小的重量。或是書寫，或是刪除，兩者都展示着同一份力量的行使。有時候，他甚至覺得，刪除文字，比書寫文字，需要花更大的力度和勇氣。

只有他自己知道，把訊息格上的文字全數退回，是何等消耗體力。最後，彷彿施行大手術過後，他用剩餘的氣力，寄出的只有很輕，很虛，很淡，幾乎無足掛齒的一句。

——好呀。

說是完全無所謂，又好像不是。三百六十多天才輪替一次的專屬日子，誰又會希望自己的生日在無聲無息中度過，無人記得，無人過問？要賭氣，扮作毫不在乎，一後悔，便又要多等三百六十多個日子。無數個平板乏味的日子，絕大多數時間的局外人，終於等到，有廿四個小時分沾到鎂光燈的光芒。這樣漫長的一種等待，教人願意幾多次跟自己過不去？

說是很着緊，又好像不是。畢竟，丁宥亭是誰？不過是前大學同學，不過是現時同屋室友，還不是異性的。嚴格來說，丁宥亭甚至沒有資格被視為一個朋友。出於共同利益，同一屋簷下剛滿一年，充其量，他們只能被視為拍檔，定期約定飲食、聊天、耍樂，只不過常常被外人誤會成兩兄弟。相互的過渡時期而已。丁宥亭會不會趕回來陪他吹蠟燭，他其實沒有多想。

好呀。對於丁宥亭收到這個短式回覆後有何想法，他暫時也無任何想法。在他眼前只是兩個藍剔。已讀。像是另一個短式回覆。

那麼，當今夜淩晨，時鐘的分針正式指向十二點，四月九日以隆重的姿態到臨他意識當中的時候，倫日央最想收到誰的祝賀？他最想被哪個人記念着呢？

他心目中浮起一個人名：巫未澄。

她很年輕便已經沒有讀書。像那個時代的許多同代人，她很早便出來社會工作，打滾在當時如日中天的餐飲界別，各大連鎖快餐店都有過她拚搏的身影。像那個時代的許多同代人，她很早便嫁給了一個她深信可以付託終身的男人。他們的愛情在工作的快餐店萌芽。他們獲益於那個時代自由戀愛的初發氛圍，掙脫了父母輩的管束，經過兩年的交往，在薄弱的經濟基礎之上，他們一往無前，建築起屬於自己的全新家庭。婚禮是非常簡單的一頓便飯，兩圍賓客，包括雙方不多的在港親戚、伴郎伴娘、雙方最要好的同事朋友、以及快餐店經理。為了多省個錢，他們甚至把晚飯改為午飯，趕在日落之前還枱結賬，換取至優惠折後價格。他們還要央求餐廳負責人，讓他們每圍多放一張椅子和一套餐具，十二人變十三人，一共廿六個位子。「十三不祥。」她的母親一聽便皺起眉頭。「什麼時代了，媽，百無禁忌。」她忍不住提起聲線駁回去。她的父親從頭到尾沉沉的抿着嘴，沒有哼過半聲。最後擁擠一點，也便易一點。那個時代，年青人都不介意，人情都沒有少給，歡慶都沒有缺失，菜湯都沒有剩留，一切剛剛好。並非完美，卻如斯美好。這是他們的共同回憶，日後都拿來說笑：日落之前，央求加位。聽上去極像可以貼在門前的一對吉祥春聯。三年以後，他們生下的唯一一個孩子，就以他們最美好的回憶命名。日落之前，央求加位。日央。

像那個時代的許多同代人，生活一方面充滿無價的快樂，一方面又是多麼嚴苛。三口子的家庭，一手一腳，漸漸把安樂窩搭建起來。物質條件上，雖說不上是富足充裕，但總算上了樓，有了自己的家。那個年代，能夠獲派公屋，也就是非常幸運的一羣。自從有了新成員，巫未澄便被迫從工作崗位上退下來，全時間照顧襁褓中的孩子，家中一切的起居飲食，自然也落在她的肩頭上。至於賺錢的責任，則全力交給她的丈夫。從前在快餐店一起打拚，人工掙的不多，但怎算仍都是兩份收入。如今只剩下她的丈夫在外面單打獨鬥，少一份工資，卻要多養一個人，忽然之間，他們都承受着沉重的經濟壓力。生活的負擔把他們逐分逐寸壓垮，是有形可見的。她自己曾經窈窕的身形，隨着日復一日的餵哺、環抱和操勞，已經一去不返。她也見證自己的伴侶，每天為着生計，賣命奔波，面容日漸憔悴，健康每況愈下。生活一方面充滿無價的快樂，一方面又是多麼嚴苛。他們共享過無數美好的時光，忽然便用盡了配額一樣。巫未澄很早就失去了她的愛人，那一個她深信可以付託終身的男人。她成為寡婦那年，孩子不過六年級，她才三十三歲。

那一年打後的生活，他們記起來仍覺得隱隱作痛。那一年的生活，由充滿無價的快樂，突然變得只有那麼、那麼多的嚴苛。她和孩子被綁扎起來，任由命運的手搓來推去。今日回想起來，老媽當時的日子是怎樣熬得過的，年幼的他當然不會明白，就算今日的他，也很難想像得到。

他口中的老媽，巫未澄。

那時候，誰可以撫慰她的哀慟呢？香港的親戚沒幾個，都是老爸那邊的人。自從老爸三十七歲因病離世，再沒有親戚願意聯絡老媽，都把她看成是悲劇的共謀，而不是受害者，是招來惡運的根源。他們在她背後說了許多難聽的說話，都是不堪卒睹的釘子，打在她的心靈深處戳破肌理，留低奇醜的疤痕。誰可以撫慰她的哀慟呢？孩子不小不大，夾在青春暴風期的窗口，天天跟自己過不去，無可能指望他。至於昔日快餐店一起初出茅廬的同事，在時代的急風裏濺浪中，人人在載浮載沉之間，奮力把頭抬起，各自划撥生存的出路，顧不了同伴的去向。況且她一早跳到另一艘船，全心陪孩子，完完全全駛在另一條離羣的航道。

「人生的常態，就是各有去路。」倫日央的老爸生前，時常把這話掛在嘴邊。

回想起，各有去路以前，巫未澄有過大好青春，招搖過，讓人家艷羨過。那究竟是如何一回事？她年輕時候出了名，把顧客都吸引到快餐店，連樓上街坊都私下議論紛紛。人家都說，她有種脫俗的美態，跟電影銀幕見慣那款傾國傾城的容貌不一樣。巫未澄樣子給人的印象，看一眼沒什麼花樣，局部來說沒有奪目的亮點，轉過頭很快便記不起。然而一旦看到，總有些感覺會黏在人家心頭，牽掛着，說不出來，形容不了，再次見面，立時一湧而至，是超於凡塵，像屬於另一個國度，一種極接近形而上的美的概念的真象。倫日央的老爸，讀書也不多，但他的聰明，在於他看得準巫未澄獨特的美麗。別人都忙於沉迷鏡頭中的絕色，在現實中尋找夢幻中的翻版，他卻在人來人往的工作間，認定了還未到二十歲的巫未澄。

有如此這般的美名，誰不會被虛榮感沖昏頭腦，忘了命運的嚴苛？等到歲月把一切都揮霍掉，她才曉得那原來都是獨一無二的機會，享用後，便無法重來，恰似坊間商戶任何一種優惠券，是有期限的，是即用即毀的，是無以復加的。屬於她的券，用了就沒了。接下來，各有去路。為生活，為家庭，快餐店薄有名氣的日子終於要擱下來。她把最寶貴的東西奉獻出去，沿着各種際遇，如今輪到她匱乏了——左手送別了早逝的丈夫，右手負荷着棘手的兒子——她最有需要的時候，偏偏叫天不應，叫地不聞，才發現，世間有些付出，是沒有回贈條款的。

於是，她變得愈來愈寡言。

她本來也不算是多言多語的女子，但在丈夫過世後，巫未澄更加沒有健談的理由。飯桌上的餸菜，常是一碟簡單的雜燴，譬如是時菜瘦肉炆豆卜，或者是水蛋菜甫蒸肉餅，或者是蕃茄蛋煮紅衫魚。家常便食，食材普通，工夫簡單便捷，往往在相對話不多的靜默下，草草就吞下。青春期的兒子隨即躲回自己的角落，延續屋內只充斥着電視嘈音的空洞。

漸漸地，她讓自己習慣沉默，祈願着沉默會像一張厚棉被，覆蓋着爬滿塵蟎和污漬的記憶牀褥。她也讓自己逐漸習慣不快樂。打工幾乎成為她存在的全部。她替別人帶孩子、到商業大廈做清潔，活在別人的背景底色中，在他人的故事中擔當邊緣的配角。為了生存，她收起了個人情感。工作對她的意義，她對工作的喜惡，她都不容許自己有絲毫空間去細想。就像一個行屍走肉的人，她收起最後一點笑意，長時間僵着臉，任憑自己沉溺在看不到終點的哀悼期之中。因着這個持續綳緊的心理狀態，她的工作都做不長。

清潔工作原本對事不對人，只要把清潔的本分做好，沒有人會理會清潔工的容貌討好不討好，工作得是否順心愜意。只是，商業大廈的商戶都有不成文的行規：早上開門，迎面而來的清潔女工臉上沒有掛上笑容，當日生意一定慘淡收場。不難想像，巫未澄每隔一段時間都被商戶辭退，要找另一間老闆。惡性循環，她表情的皺紋有增無減。

她也幫鄰居帶孩子，但孩子的父母都嫌她沒有笑容，怕孩子落在她的照顧下，日積月累，遲早變成不會笑的孩子，再多待些日子，說不定終生便鬱鬱不歡。「價錢雖然低廉，但寧願多給錢，請個年輕菲傭，起碼會呱呱笑，又會說英文。」轉了兩三手，臭名傳開了整個屋邨，她後來索性不帶孩子，全時間做清潔，除了商業大廈，還包了附近屋苑的鐘點服務來做，勉強應付到日常支出。

不快樂的日子漸漸濃密起來，跟她腦勺後的頭髮，同步愈來愈長，黑壓壓結起來成為一團又一團的負累。她也問過自己，要這樣子終其一生嗎：「我願意這樣子不快樂下去，直到死亡把我接走的那天嗎？」但她始終想不到理由可以快樂。孩子長大了，完全換了另外一個人，不再是昔日那個小可愛。小時候，日央是個非常活潑開朗的陽光男孩，整天都在嘻皮笑臉。巫未澄最愛看他的笑臉，聽他的笑聲，生活上有什麼不愉快的事情，只要有他，轉眼便一掃而空。但自從小學階段，老爸的病開始反覆，六年級的他更要陪老爸到處求醫，他就開始沉鬱下去，直至到老爸離去，自此基本上一蹶不振。就算她不想承認都好，巫未澄知道失去了丈夫，也同時失去了兒子，那個陽光男孩，從此一去不返。有關學校的事，每次老師打電話聯絡她，報憂不報喜，她都習以為常：「老師，真對不起，是我不懂教孩子。自從日央的爸爸走了，我就完全沒有辦法。請老師好好管教他。罰他，罵他，我都無問題，但請別要放棄他，我求你。」老師尷尬得不曉得回應。

持續不快樂的生活可以過下去嗎？她也多次在腦海中推磨，以致有一刻想像過：趁兒子未起牀，找一個早上，預備好比平日更加豐富的早餐——煎香雞蛋和香腸，加牛油多士，取代日常的兩塊超值方包，再添杯溫度剛好的暖牛奶——趁兒子起牀前，把豐富得過分的早餐端到枱面，旁邊留下紙條，然後拉着行李箱出門口，從此不再回家。不快樂的生活，或者就可以從此切斷，是嗎？她最後說服自己，假如一走了之，換來的罪疚感，恐怕會在她的餘生，把她折磨得更加不快樂。兒子孤零零的消息，勢必一輩子在夢迴時分纏繞着她。還是決絕起來，把兩個人一齊來個了結？報章新聞偶爾讀到類似的結局，她都打着冷顫，陷入沉沉的思緒，嘗試投射感情來個想像中的角色扮演。但她就是決絕不起來，連想也想不下去。假如死後有另一個延續的世界，她根本沒有勇氣面對比她先行一步的丈夫。無數付出和犧牲，辛苦養育多年，就這樣把倫家的命脈野蠻地拔斷，製造另一宗倫常慘案，她的丈夫在天有靈，一定不會原諒她。

既然不快樂已經成為定調，而不快樂又不能貫徹到底，也許，她應該做的，是為一面倒的不快樂，找尋一個透氣的出口。就這麼一個小小的氣孔，足以讓她活命。那麼，她可以在哪裏找得着呢？

她決定，一年三百六十五天，唯一容許自己快樂的一天，一於選在倫日央的生日。

為什麼不選在她自己生日那一天？巫未澄其實有個奇怪的想法，從來沒人跟別人說：都一把年紀，無謂再執著要成為別人的焦點。年青時熱衷於被重視的感覺，曾經相信自己是被寵幸的篤定，到今天，已經完完全全地被磨蝕乾淨。要成為派對的中心，讓別人圍住唱生日歌，然後眾目睽睽之下吹蠟燭、許願、切蛋糕，簡直難以置信。這種厚顏無恥的感覺，源自於某種對青春特權的褻瀆，自從三十三歲以後，連她自己都受不了。

況且，迎接另一個生日，即意味着日漸步近死亡的終局，她就愈有種忐忑不安：並非出於對死亡的恐懼，深怕死亡手持某種讓人顫慄的器具。相反，萬一發現原來死亡欠奉——萬一死亡沒有以她丈夫為擔保，萬一丈夫不在那邊，萬一她不能夠跟丈夫在另一個國度重聚團圓，死亡便一無是處，徹底讓她失望，讓她白活一回，又白死一趟。

這個奇怪的想法，讓她的生日，完全沒有快樂的理由。

那麼，如果要選，選在兒子的生日，讓自己快樂一天，理由應該明顯得多。

一九九四年四月九日，週六，晴。當年的世界是什麼樣的世界，她印象已經非常模糊。人際關係以及工作模式起了徹底變化。至於電腦技術，彷彿自有永有的互聯網，如今已經進入無孔不入的地步，當年距離誕生已有一段年日，甚至相當普及，只不過還遠不及今日先進。當科技發展日新月異的步伐在她身邊光速滑行，她的心，卻只有足夠的空間承載一件事。孩子要出世了。一九九四年四月九日，週六，晴。巫未澄永世不會忘記這一天，陽光明媚，醫院產房的窗外卻下着雪，是木棉樹火炬般的橘紅花卉落體以後，漫天棉絮在半空中紛飛。丈夫從快餐店花了極多唇舌，應付完早市，才辛辛苦苦請了半天無薪假，趕到產房陪產，護士卻不近人情，要他在外面乾等：「這裏是公立醫院。沒有預先申請的，只能在外面等。規矩就是規矩，請先生別讓我們難做。」產房的門狠狠關上，還是清晰地傳出裏面的情況，幾位產婦輪流喊痛，聲嘶力竭的無伴奏組曲，恭候新生命的來臨，他卻認不出自己太太的聲音，也錯過親生首胎的初見。

外面的棉絮一直飄揚，安安靜靜，沒有半件牽掛的事情。突然一陣急風，樹椏上的苞子便又趁機撒播暗藏於棉芯的苗種。望着窗外的棉絮，構成一幅香港繁鬧城中的合時雪景，他在門外守候，由正午十二時待到傍晚七時多，望着光陰無話的流逝，一邊旁聽產房間中傳出的哭嚎。最後，明媚的陽光終於逐級收斂，環顧四周暗面漸多漸濃，外面景色的細節愈來愈含糊，一天走到尾局，餐館晚市正要全面開打，進入整天最繁忙的時段。他知道明天再回到快餐店，一定會被經理罵個狗血淋頭，同事間的竊竊私語將會讓他渾身不舒服，顧客的點餐和其他額外要求會觸發他的情緒，但凡此種種，沒有一樣比得上這一刻產房內的事態讓他心焦。萬一出了亂子怎麼辦？被擱置在呆滯的等候區中，特別容易讓人胡思亂想。

「倫先生，有嗎？」門打開的縫中，走出一位護士，約莫三十歲，像個夢醒的母親尋找自己走失的孩子。「恭喜你。你太太在大約半小時之前，順利完成生產過程，誕下男嬰。再多等一會，待麻醉藥藥力散去，我們便會把你太太，連同嬰兒，推回病房，屆時你便可以跟他們見一見面。」一刻前的胡思亂想，戛然隨窗外最後一縷棉絮消散掉。

原為了陪產而請的無薪假，經過漫長的等待，換來了這個消息。

一九九四年四月九日，週六，晴，傍晚六點五十八分。對巫未澄來說，外頭的陽光幾點退去，都沒有問題。窗框飄過如同雪片的棉絮，丈夫的等待、無薪假、護士和經理的不近人情，陌生人的想法，乃至中環交易所的股市上落，港島某公路的雙層巴士翻側車禍，剛剛動工興建的青馬大橋和擴充中的會議展覽中心，互聯網技術的跨國合作計劃，應用基因改造科學的突破，即將當選的南非首位黑人總統曼德拉，多大的世界，多大的事件，全部均屬無關痛癢。這一分鐘，唯一重要的是，她的孩子要出世了。這分鐘開始，她成為別人的老媽，她要為另一個生命負上無與倫比的責任，她的世界有着翻天覆地的改變。她充滿乳香的懷裏，一呼一吸，正在安然酣睡的，就是最大的世界，最大的事件。

倫日央。她兒子的生日，曾應許過無窮的快樂。

* * *

自從老爸在他小六時離世後，倫日央幾乎再沒有見到老媽的笑容，只有一天例外，就是他自己的生日，每年的四月九日。老爸還在的時候，總會在生日當天，給他送一份禮物。文具套裝、運動鞋、模型車、地圖，任何倫日央想要的，老爸花得起都捨得買。等老媽把生日蛋糕從盒子取出來，老爸便擺好相機，拍一張生日全家幅，留個紀念。後來，家已經不再齊全，老媽再不願意拍什麼照片。禮物也再不捨得買，寧願留個錢，繳交這個或者那個必要的開支費用。況且，倫日央已經不是當日那個小男孩，一份小禮物不足以換來慾望的滿足。唯一不變，是老媽依舊會買個雜果生日蛋糕，讓他吹個蠟燭，許個願望。很多事情都變卦了，留不下，至少還剩餘這個年度儀式感。

「願望千萬不要跟人說，說了就不靈。」老媽指定幾句對白，每年就趁這個日子唸一遍，構成她日益囉嗦的形象：「那個蛋糕頂頭的士多啤梨呀，記得要一口把整個吞下去，來年才會健健康康、平平安安。」這個無中生有的傳統，倫日央背到滾瓜爛熟，幾乎可以用老媽的語氣、節奏、表情同步還原。從小到大，老媽講說話，總是夾雜着無數的要做和不要做，好像整個腦袋都畫滿清單和紅線，有個固定的行為管理機制。其實，當中隱約透露着保護的心思，擔心兒子一不留神犯下彌天大錯，回不了頭。然而，這種規行矩步從來不提供說明。他不敢不服從，卻就是不明白，只不過吃個生日蛋糕，為什麼硬要加上生死悠關的凝重。後來，他終於明白到，世上太多傳統都是一言難盡的苦衷。無論如何，見到老媽難得的笑容，珍罕得像木棉飄絮的景致，一年不過一次，只要出現，他心裏就有種很踏實的寬慰。

是她，巫未澄。

* * *

不足十二個小時之內，今夜淩晨，四月九日以隆重的姿態到臨他意識當中的時候，其實一切已有定局。倫日央一早知道將會收到誰的祝賀，正如他知道將會被哪個人牢牢記念着。他心目中只想起那個——賦予他生命，與他相依為命，曾經被他氣得要命，如今倒過來靠他支撐自己生命的人。是她，巫未澄。

是時候要吃點東西，他想。突然有一股很大的食慾，在他裏面擴張，挖出巨型的洞，等待填滿。身體再次用最本能的方法提醒他，已經很長很長一段時間沒有把食物放進去。當然早前的退燒藥片不能計算在內。身體機能無視回憶，排山倒海的回憶不能充當糧水。然而，回憶會用出其不意的方法回應身體的渴求。

他突然想起快餐店漢堡包的味道，不是夾着魚柳那種，而是扎扎實實疊着牛肉漢堡那種，夾疊着生菜洋蔥酸瓜等的爽脆，帶有肉感的清新。獨特的味道和口感，用青春的蠻勁脱韁出來，這一刻在回憶中肆意踐踏他無力反撲的乾涸的味蕾。他突然又想起那碗麻辣濃湯米線，以及浸泡其中的魚蛋、竹笙、冬菇、腩片、芽菜，等等。有說，湯料中的小辣椒和黑胡椒，混入其他香料，經過長時間熬煮，直至裏面的辣素濃度提升，刺激人體痛覺神經上的受體蛋白，誘使大腦腦垂體釋放內分泌物，名為腦內啡，又稱內啡肽、安多酚。它的主要作用，在於生產短暫的痛快和愉悦的感受，兼有減輕痛感、抗憂鬱等功效。倫日央不知道這樣的解釋是否有科學根據。顯然，根本絕少數人會在乎當中生理化學的連鎖反應。但毫無疑問，他對麻辣濃湯有着上癮的熱愛，幾近欲罷不能的地步。他甚至思疑，自己不時的腹瀉問題，其實正是部分源於這個因素。

突然想起昨晚晚餐，糟透的感覺一閃現，他立即從回憶中，折返現實的當下。他用大拇指扳着手機屏幕，按入外賣速遞服務應用程式，眼前掠過一間接一間的食肆牌頭，無數個折扣宣傳向他的眼球招手，琳瑯滿目的食物圖片，同聲吶喊助威，像要合力把他肚皮下的餓感奏得更加擾攘。

饑餓不但令人疲乏，更加會令人憤怒。餓餐的時間愈長，血液內葡萄糖愈偏離正常水平，理智與本能失去微妙平衡，注意力便難以集中，思考變得混沌而模糊，情緒控制自然比較易出亂子。憤怒是個危險的東西，想及早制伏，必須儘早補充食物，填補胃囊中巨型的洞。趁餓感消失以前，就要馬上回應，這一課他曾經領教過：「感覺不再那麼餓，其實只是幻覺，純粹因為肝臟為你分解葡萄糖，暫時抵消債務。你瘦成這個樣子，還有幾多可供燃燒的僅餘體內脂肪？當心餓過頭習以為常，以後分泌失調，酮酸中毒，後悔莫及！」上一次趕工作跳過午飯，給植杏同發現，隨即用如此重要的健康資訊訓斥他時，倫日央呆在教員室的座椅中，忘了道謝。

那番說話重頭聽一遍，他立即不敢怠慢。

如果再花時間在頁面與頁面之間遊蕩，他的腸胃不會客氣，勢必於稍後找機會，作出更大的報復，表達強烈反感。倫日央知道，這刻他要弄清楚自己想要和需要的分別。想要是任性，需要是生存。他想要的可能是漢堡包，麻辣米線，或者其他賣相吸引口味獨特的新產品。然而，這一刻，他需要的是一碗清粥。

當下任務：在外賣速遞服務應用程式中，尋找一碗清粥。

不記得是多久遠的前事，上一次對米粥的渴求，仍有種淺淺的溫暖。經由爐火熬煮，米粒破開，柔軟，繼而轉化成為糊狀的澱粉質，是稠還是稀，都綻放綿綿的口感。粥被拆成細小的分子後，容易消化吸收，減輕腸胃的負擔，潤物於無聲，特別適合消化功能不佳的人食用。平日用錯了方法照顧自己，以為把香的、脆的、冷的，通通放到嘴巴裏面就是善待自己嗎？一碗清粥才是寶。除了味道清淡，米粥沒有過鑊食材的油膩，是上佳的調養食品。虛弱、初病的時候，或剛剛復元期間，吃粥有助盡快回復體力，調理脾胃，補養身體。小時候生病，老媽總是一口一口餵米粥給他吃。如今，他要為自己的健康負責，抑制自己的口腹之慾，心無旁騖只想起最純粹的米粥。

假如倫日央成功説服自己，他的需要，遠重於他的想要，而此時此刻健康淩駕一切，那麼，他便沒有太多選擇的餘地。賣粥的食肆不外乎那兩間，對於很多時候選擇困難的倫日央，那未嘗不是一件好事。透過應用程式落單，一碗粟米粥叫價港幣五十五元，連運費、平台手續費，折合八十大元。平日街邊小店十元八塊一碗白粥，現實中已經絕無僅有，更何況網絡世界。他前前後後按下幾個鈕鍵，經過一輪關卡，確定資料無誤，終於送出他的訂單。價錢的確是貴一點，連普通不過的米粥都幾乎成為一種奢侈品，他望着熒光幕上的金額，的而且確，也有過一絲懷疑：不如自己動手洗米煮粥好了。然而，能夠只動一根指頭，足不出戶，便享用到新鮮滾燙的粥水，並省掉許多出門、上落樓、以及等候的時間，對於病弱的他來説，八十元又其實顯得物有所值。飯來張口這回事，其實心底裏人人都嚮往。

況且，誇張一點來説，一旦他願意花費這八十大元，説不定另一邊廂，一位素未謀面的步兵、車手外賣員，便因此多賺幾個微薄的小錢，得以保住工作，得以養妻活兒。惠己惠人，倫日央愈想愈划算。

送餐時間大約二十五分鐘至三十五分鐘，剛才專注處理點餐，要按的鈕鍵一多，心就煩起來，老媽打電話過來，他一手撥開就沒有打算接聽。應該沒什麼急事。未接來電四分鐘前來過兩次，都是老媽，她隨即給他留了個口訊——

「日央呀，又聽不到電話，星期六有這麼忙嗎？明天是你生日，你別只顧忙，連自己生日都想不起才好。老媽給你買個蛋糕，什麼時候過來找你方便，陪你許個願，吹個蠟燭好嗎？」

他把電話一下子丟到沙發上，暫時不想去想明天的事。明天好像忽然太多事情要想：自己應該繼續留在家，還是應該出去找個地方逛逛？如果身體情況繼續不理想，要找個醫生，明日星期天有診所開門嗎？就算找得到個時間招呼老媽，上來自己的地方，萬一丁宥亭也在，碰巧也叫了他的女朋友 Delilah 上來過夜，那豈不是不太方便嗎？但如果要把蛋糕帶到外面切，不是有點尷尬嗎？他突然醒起，上星期某個學校小息，植杏同走過去想邀請他星期天到她的教會坐一坐，說是復活節的緣故。他思前想後，拖了整整一個星期，還未給她正式回覆。

彷彿所有事情一下子都押在明天，等待他逐一決定好便逐一發生。這一刻，倫日央決定暫時都擱在一邊。

除了肚子餓，身體大致上回復正常，肚瀉止了，頭腦也比先前清醒。餐點送達之前，他覺得可以做點什麼，譬如找些東西看看。

但他不想讀報紙了。讀報紙的習慣他中四年級開始養成，正是他成績突飛猛進其中一個關鍵原因。很大的程度來説，他對中文的興趣，由最初的好奇，逐漸成為熱愛，以致讓他後來積極投稿到報社，發一個中文夢，夢想成為全職作家，全都是建築於這個習慣之上，每日讀報紙。由頭版讀到港聞再去到國際新聞，由文娛到體育到作家專欄，至少花一小時細閱，無一個版面錯過，像個信徒日復日研讀典籍，一種敬虔的操練。他發現裏面廣闊的空間，在狹窄的生活場景中，他可以獲得馳騁天地的能力。可是，他不想讀報紙，是近兩年的事。是他的生活熱情被工作消磨，沒有餘力發掘身邊的奧奇嗎？可能是。是由於現代科技進步，資訊垂手可得，報紙獨特的重要性變得模糊，日漸被網絡取代嗎？可能是。是社會氣氛變異，市場選擇漸趨齊一，同聲同氣，風格鮮明的報道陸續失蹤，讀者胃口無以為繼嗎？可能是。總之，他不想讀報紙了。維持超過十年的習慣，一下子，完全互不相干，就好像一直走慣的樓梯級，因為一個下雨天失腳滑倒，受創的陰影太大，從此就不再走那段樓梯級，回家的路只好另闢蹊徑。

* * *

既然報紙沒有值得看的，不如讀西西吧。

兩日前在地鐵車廂顯示板閃過的消息，到今天仍然好像消化不了。不是說倫日央是西西的忠實讀者。西西眾多作品當中，倫日央讀過的少之又少，絕對不超過五本，作為同門中文系的畢業生，可以說是特別慚愧。只不過，他由心底感覺，自己一位熟識的前輩朋友，經過這麼長時間文字上的精神結連，始終要畫上句號，畢竟帶點惜別的傷感。而不曾會面、未來又永不會遇見的老朋友，西西的書，他竟然有幾本放在書架，就在屋內，正正放在稍為高於他視線水平的上格，彷彿幾件珍貴遺物，彷彿披戴着逝者的餘燼，彷彿散發微溫的有機碎塊，讓他閒時取下來瞻仰和摩娑，翻暖偶爾冷掉的心靈。

現在有閒了。這個多出的週末，既然沒有其他地方要去，安坐家中看一本西西的書，聽上去若無其事，像呼吸那麼理所當然。

電視機旁邊不可能是書架，一般家居室內設計師原則上都會明確指示。書櫃最理想能夠獨佔一間書房，配備書桌組合，一方桌，一座椅，開一扇窗，面向大海，或者山麓，讓讀書人坐擁歲月靜好，在與世無爭的小書房裏面潛心細讀。電視機太世俗、膚淺，配不上書的高貴。但他可以主事嗎？倫日央在租賃的房間別無選擇，空間有限，難得還剩下尺寸相宜的牆面，只好把舊書架勉強置於電視機右側。幸好入伙的時候，丁宥亭沒有堅決反對，他便順理成章，把舊書架從娘家搬過來，自此不理會丁宥亭是否嫌棄。

當日撞出一道裂痕固然可惜，但看着書架端端正正地聳立在他的面前，倫日央已經完全不擔心它的傷勢。誰說得準，隨時這書架比他更耐得住傷病，站得更加穩，活得更加長。曾經老媽問過他，反正都是為了看書，為什麼偏要購置個書架不可？到圖書館借個夠不是一樣嗎？他自己也曾經有過一絲疑惑。買一本書的價錢不算高昂，不過是兩餐便飯的價錢，但當買書成為習慣，小數怕長計，累積起來便會滾成所費不菲的玩意，抵得上好幾頓自助大餐、和風料理、私房名廚的奢華體驗。況且香港寸金尺土，書本這些非消耗品，一日霸着地方，一輩子就霸在那裏，不事生產，白佔空間。連洗面盆都幾乎沒有位置的典型劏房住戶，要添置書架，簡直是天方夜譚。要租用外面的迷你倉，又是另一筆可觀的使費。

圖書館不是不好。面積闊落，藏書豐富，最要緊可以不費一分一毫，便能夠讀一世也讀不完的書，是愛書人的天堂。有人借說：如果有天堂，天堂應該是圖書館的模樣。阿根廷作家博爾赫斯的意思是：「我一直想像，天堂應該是某種圖書館。」倫日央不完全掌握兩種說法的些微差別。他只是直覺認為，把圖書館跟天堂扯上關係，是錯不了的。圖書館在他心目中佔有神聖地位，雖然他根本對天堂沒有準確的概念，也不肯定自己是否確信天堂的存在。天堂究竟是什麼——天堂是一個風光如畫、充滿幸福美善、完美無暇，要待死後方能抵達的實體地理空間，抑或是單憑努力，只要符合特定條件，便能在現世實踐的理想國或烏托邦，抑或是純粹的一種精神狀態，滿足而無慾的正向感覺，只有少數偉人生命曾經瞥見的超然境界——他從來沒有考究。印象中，植杏同曾經在某次對話中提及過這方面；她熱愛談論宗教信仰有關話題。倫日央應該找機會跟她認真了解一下。

圖書館，天堂。後者，虛無縹緲，卻自有永有；前者，巨細無遺，卻朝不保夕。幼稚園高班那年，老媽第一次帶倫日央到公共圖書館，離開的時候，老媽為他申請圖書證，讓他第一次借走一本書，是安徒生童話故事集。不足六歲的他，起初還不相信就這樣可以把書帶走：「媽媽，我們未付錢，叔叔不會捉我們嗎？」他把書緊緊抱在胸口前面，跟着他緊張的心跳聲，噗通噗通地跳過不停。接下來的日子，老媽逐個故事跟他每晚讀，他深深愛上這本故事集，當中的插圖，一個個如同畫一般的象形文字，以及書的觸感和它的氣味。兩星期過去，還書的日子來到，他愛這書愛到不捨得歸還，哭着要把它留在身邊。老媽沒有他辦法，唯有申請續借，才安撫到小男孩受傷的心情。借書期一般每次十四天，老媽延長伴讀安徒生的耐性，足足兩個星期以後，還書限期再度臨近，小男孩像有種分離的感應，搶先吵嚷起來，不欲把書本帶返圖書館。老媽打算故技重施，怎料到書本已被人家預約輪候借閱，無法續借。她唯有向小男孩坦白：「圖書館的書，總有一日歸還。日央乖，男孩子要勇敢。分離是成長的一部分，你長大後自然會明白。」老爸在旁邊聽着，只用手摸小男孩的頭，千言萬語的囑咐，沒有作一句聲。那本屬於圖書館的安徒生童話故事集，翌日便被人家接手借走。老媽用了很多個晚上，安慰從睡夢中哭醒的小男孩。

圖書館不是不好，但圖書館的書，總有一日歸還，無法永久保存。這個想法，從小根深蒂固的放到他腦袋中。那一次以後，他便再不願意跟老媽上圖書館借書。直到最近聽聞公共圖書館要將個別書目下架，他都可以不甚了了，像旁聽一則無聊透頂的笑話。

老媽沒為意，自己平常不過的說話，給孩子帶來深遠的影響，像一顆肉眼看不見的種子，經年月浸泡後，從卑微的深處生出根莖，飽含不成比例的生命力到處延伸，強壯到可以搖撼結實頑固的棕土。「分離是成長的一部分，你長大後自然會明白。」當他長大後，無論他同意與否，倫日央逐漸被說服，不得不接受分離的必然性。從六年級老爸的離別，到去年獨立於老媽搬出來找住宿，從告別青蔥夢想的溫室校園，到請辭上一個工作崗位的血汗戰場，從暗戀的女生在他表白前夕移民外地，到多年摯友忽然失散人海斷絕聯絡，這些年間無數次跟人的告別與地的割離，讓他對人生彷彿有了一種嶄新的體會：所有東西都有個限期，就像圖書館外借的書，就算擁有過，到最後還是要歸還，無法天長地久抱在胸前，一生一世。不久前離世的大作家，他還以為會一直在綴滿娃娃和布偶的房子裏埋首筆耕，永無止境地重建專屬個人的回憶國度，竟然一下子就拋低稿件，撒手塵寰。假如死亡這等事，作為最終的分離，會無可避免發生，誰可以保證，一覺醒來，重要的文學作品，作為作者的精神遺物，不會絕跡於本地圖書館的每個書架，無緣無故，毫無預警？

於是，他不再相信圖書館，寧可自發養成買書的習慣。

眼前西西的作品，一共五本，坐落電視機側邊的四層小書架。紛雜的書脊分享某種一致的風格，並排放在頗為顯著的位置。無論生活有幾累人，每天經過見到客廳這個位置，與書邂逅的回憶自然會隨機浮現，他心裏便有種踏實的感覺。書與書之間分別有迥異的來歷，說來是一段段往事。《我城》和《時間的話題》是他高中時代買來做閱讀報告用的，花掉他一大部分零用錢，就是吃午飯的使費省下來，逐個硬幣辛苦貯下來的零用錢。當年讀的時候，說不上完全明白內裏的意思，他只是感覺文字比較容易，沒有其他作家的架子。其他作家偏愛生僻的詞彙，每兩頁便要引經據典，產生高高在上的印象。西西卻讓他讀得舒服，是親切的前輩跟他東拉西扯閒聊的感覺。偶爾讀到過癮的段落，便把那些讀不明白的部分跳過去，支撐他把書翻到最後一頁。

閱讀報告最後拿得多少分數，在學時他是非常緊張的，事後卻完全沒有印象。「求學不是求分數」是讀書年代興起的一句口號，他和他的同學在那個時候都是絕對鄙視的，覺得在學校聽到特別諷刺，每每引用都臉帶譏誚，學着老師索然的口吻，像是複述一個質素低劣的笑話。的而且確，什麼分數都留不下，煙消雲散。在大數據統治的今日，半沉在資訊氾濫的汪洋，當年老師紅筆畫下的分數，已經完全消隱於時間的流逝間。倫日央只記得閱讀報告上的評注：「選書獨到，不落俗套」。中文老師聲色淩厲的用字，他幾乎無法領會，只勉強揣測其中的意思，暗藏了力度適中的褒揚。當年同齡的學生大多數都是武俠小說迷，讀書報告不外乎都是對派別和招式的神馳，若能就書中對人生哲理的部分有些探究和着墨，再加點自己的見解和生活反省，舉出一兩個真實例子，就不難算得上佳作，獲取不錯的分數。不過，人人都拿武俠小說來滙報，老師多沒所謂，他的胃口遲早都會脹滯壞掉。所以，在一眾充滿陽剛氣的武俠小說中，倫日央選的西西，那些書名，鏗鏘有聲的《我城》，以及帶點後現代感覺的《時間的話題》，就顯得與眾不同。

跟頭兩本不同，書架上的《手卷》和《織巢》是他出來工作後才購置的。事實上，工作頭幾年，因為忙碌的緣故，他幾乎沒有辦法找出時間好好看書。真的單是因為忙碌嗎？又或者說，畢業後起初幾年，他完全迷失了方向，個人安身立命的座標變得模糊。莫說是曾經心愛的閱讀，就是基本到照顧自己健康，適應全職工作的節奏，或者是為自己找個心儀的對象，他都茫無頭緒。每日早出晚歸，近乎行屍走肉的出現在工作的崗位，被各種庶務搞到頭昏腦脹，倫日央根本沒有一刻閒暇，可以靜心翻一翻書。就算回到住家終於有時間喘息，他都拿來滑手機、打電玩，或者乾脆睡一個大覺，不願意想起生活中實實在在的沙石，亦完全忘記了文字曾經帶給他歡愉的幻想。

直到有一次，他撐着眼皮打電玩感覺口乾到不得了，要停下來呷口清水。接連吞下三杯冰水依然沖不散乾渴，他才猛然覺察遠在自己的內心，原來枯涸到有種龜裂的痛楚。其他時候他可能不以為然，但如此強烈的訊號他不敢怠慢。這種情況不是藥能夠根治的。內心有把聲音，叫他翌日立刻找間獨立書店，跑過去兜個圈，期望吸點靈氣為自己滋潤一下。當時西西剛剛拿了個國際文學大獎，書店為她擺了一個焦點推介的攤，全數作品，新的舊的都陳列在書店的入口處，陣容有一種皇者的規模，讓他下意識捏緊了喉嚨。他就小心翼翼拿起其中幾本，包括《手卷》和《織巢》。書一打開，讀了不到兩頁，內心就像滋生露珠的石面，龜裂開始癒合。他重投閱讀的懷抱，就是在那天發生。

可以說，西西又救了他一命。頭一回，高中的閱讀報告，全賴選上西西的作品，讓中文老師另眼相看，他獲得了相當可觀的分數，使他中文成績長足躍進，更燃點起他對語文學習的熱情，間接使他成功考入大學中文系。西西把他從青春期墜落的旋渦中拯救出來，送他上截然不同的人生軌道。第二回，在初職的時期，在本該事業初成、基礎漸穩，卻停滯不前、混沌失序的時期，他重遇西西的文字，像迷失於令人暈眩的都市，一條跡近虛脫的野狗，尋得可安歇的綠洲清泉。

倫日央把西西視為救命恩人，一次又一次，縱然對方不曾知道。

他對《手卷》和《織巢》的理解和感覺，作者也顯然無從得知。八十年代尾聲的《手卷》是短篇小說集。不能說倫日央每一篇都讀得愛不釋手，但是，當中的確有些令他一見難忘的篇章，透過作者異想天開的多變筆觸，以及對自己城市的深切了解和關懷，完全展現了個人的本色風格，譬如說《浮城誌異》、《虎地》、《雪髮》三篇。倫日央還記得，在《浮城誌異》當中，西西的文字跟比利時畫家雷內・馬格利特 René Magritte 的十三幅畫作互為撞碰、指涉、延伸，所產生的化學反應，讓他驚訝不已。文字與繪畫能夠以這種形式彼此交融，對他而言，的確是一次啟蒙經驗。一方面，多得一張又一張超現實主義畫作，倫日央被引領進入前所未有的世界，見識到平面藝術可供解讀的高度。另一方面，浮城在西西筆下，化為介乎現實與想像之間的地理存在，前瞻性的意象，被一層又一層如幻如虛的語言包裝，有意無意之下，預告了一座城的下場，絕對是二次創作的進階示範。《浮城誌異》成為西西的名篇，自然有它的原因。至於《虎地》

和《雪髮》兩篇，名氣大大不及前者，但裏面對社會小人物的注視，把她所關心的社會議題，利用文學手法，巧妙地陳詞鋪張，有一種豐饒的想像和真切的情懷，雖然倫日央現在能記得的細節非常有限，但他仍記得當日初讀的時候，被一股很濃郁的溫暖所包圍。「**世界上原來有人顧念他們，會操心為他們的故事留下紀錄嗎？**」他覺得有點難以置信，因而特別觸動。《織巢》不同的地方，在於讀起來彷彿多帶一點個人自傳的味道。他本來不是西西的書迷，更不會對她的生平來歷有所熟悉。然而，捧着《織巢》一章一章讀下去，他彷彿便能夠從書中的主人翁身上，見到作者的影子，逐漸認識她的性格背景，旁聽她家庭成員之間的對話，陪伴他們踏過一路上的悲榮以及平平無奇的日常。「**怎麼竟跟我的人生有點相像？**」倫日央愈讀進去，便愈分不清楚哪一部分是屬於主角的虛構故事，哪一部分是西西的夫子自道，哪一部分是他作為讀者的自我投射而導致的錯體重疊。或者，閱讀從來都是多元複雜的體驗，無須介意渾為一談。他後來知道這部小說有個前傳叫《候鳥》，只是，他覺得已經沒有讀的必要。他彷彿已經全知道裏面的內容。

就在工作頭幾年被虛空感淘洗淨盡以後，他重返文字的懷抱當中，完全是西西這兩本書的功勞。沒有那一次書店中的邂逅與回轉，天曉得他還要多花幾多年光陰去浪蕩走迷。西西沒有為他提供所有在此人生瓶頸的標準答案。顯然，他執起書本的瞬間也沒有期許有什麼答案的。取而代之，西西為他當走的路樹立了一個模範，指出一個可能——生活縱使大多數日子平淡無奇，卻仍然是值得為之貫注熱情的。在現實的幼線旁側，坐落了龐大的想像空間。西西於他，的確有救命之恩，他永誌難忘。

至於這一刻，回到他獨守的住家，頂着剛剛算是癒合卻餓乏的身體，夾在綠松色的梳化及電視熒幕之間，呆站在小書架前面，掀翻又一波的前事以後，他要問自己的一個問題，其實是：「我究竟要讀些什麼，在等外賣送達前的這段間隙？」

經過一連串的書名，像翻過回憶的目錄，他的眼睛很自然沿着一排書背脊繼續掃視過去，最後停留在《白髮阿娥及其他》之上。書從它的位置抽出來，封面是米白的底色，上端中線位置配搭的書名截成兩行，填滿深淺不一的橄欖綠。像兩個名字：羅密歐與茱麗葉，祖與占，芬妮與亞歷山大。顯然白髮阿娥算是一個名字，至於所謂其他，不過是跟白髮阿娥無關的篇章。一棵植物呈蔓藤狀，由書名垂到正中心，末端彎向右邊是朵花，類似薔薇的形態，發出暗紫色的光暈，光暈串成路線。蔓藤捲曲成柄的地方，纏住了女子的手腕，繞了數圈。抑或是女子下墜的刹那，及時抓住蔓藤？有時候，主動與被動，實在很難分得清楚。穿旗袍的女子像是上一代的人，在時空交錯間失去平衡，匆忙中脫了黑布鞋，又丟了檀香扇，沉着眼，臉上有種失落。書的右方，沿上而下掛着一條靛藍色衣帶，把封面寬度面積大幅壓縮五分之一。除了列出作者獲得的殊榮作為招徠，上面的文字還節錄了這段：「白髮阿娥問女兒：為什麼給我取個名字叫羅剎啊，多可怕。女兒說，是羅莎，意思是玫瑰，挺好看的花哩。」羅莎，玫瑰。似是為封面的圖畫提供了註腳。

畫蛇添足嗎？也許。但真正讓他感到礙眼的，卻是覆蓋在書名上淺棕色的痕跡。上一次他拿起這書來讀，一不留神，把咖啡濺到書面，弄污了硬幣大小的一個圈。那是一個下雨天的公眾假期，一所連鎖咖啡店裏面，都是避雨的途人，忙着抖乾衣履上的水花，只有他氣定神閒，一手拿起書，一手盛住咖啡杯。咖啡漬染在紙上，怎麼擦也甩不掉。他怪自己糟蹋了設計精巧靈氣的封面，一賭氣，便把讀到半途的書放下，一放下，便是幾年前的事。事過境遷，倫日央用拇指撫着書面上已經醃乾定形的印記，然後把書頁從頭到尾翻鬆開來，卡在半路，咖啡店收據不偏不倚就夾在一百一十頁與一百一十一頁中間，恰巧是卷一《白髮阿娥》的結束，卷二《其他》即將啟始的地方。他才想起卷一曾經讓他讀得津津有味，卻因為小小的意外，讓那個下雨天的閱讀戛然而止。只有白髮阿娥，沒有其他。

——餐點正在準備中。

外賣應用程式提供的資訊定時更新，大約十五至二十分鐘，他的午餐就會送達。一想到這裏，肚皮便又咕嚕咕嚕地響起。十五至二十分鐘，足夠他讀幾頁書。他的閱讀能力不算高，閱讀速度也不算快。大學時代，曾經聽聞比他高兩級有位中文系學姐，讀三頁小說只消一分鐘，相比起他三分鐘也完成不了一頁，實在是美洲豹與烏龜的分別。丁有亭也是效率超羣的一類人，總有他的辦法提早讀完指定讀物、寫好報告論文，當年才有時間在課業以外，既開始自己的小生意，又交女朋友。他從心底羨慕他們的辦事速度。「如果有一目十行的本領，工作應該會輕鬆一點。」倫日央想起「全焦」這個每日指定任務，要他每日迫着瀏覽無數乏味枯燥的新聞內容。他想的從來都不是升職。他只是在想，省下來的時間，或者多看點書，也可以讓他寫一點自己的東西。

卷二開篇，果然跟白髮阿娥完全無關，連文風都截然不同。假如上半部書主要以阿娥為中心人物，敍事為主，輔以抒情，來到這裏，下半部一開始，他便被剛烈的哲思風格殺一個措手不及。不知就裏的讀者，甚至會認不出是同一個作家的文字。

文字是共用的工具，沒有專利權，然而，作家的遣詞用字是他獨一無二的標記，像基因譜圖，像指紋。見字如見人。倫日央進入卷二《其他》題為〈解體〉的首篇，眼前彷彿卻是另一組基因譜圖，另一個指紋。

——並沒有非常特別的感覺因為那不是感覺而是感應我竟突然顯得很充實很豐盈。事實上早在六七十個小時之前我已經陷入昏迷狀態而昏迷了的生物不再有任何感覺包括最難忍受的痛楚。我不知道當時我的痛閾達到了第幾等的級數而那種痛楚應該是人體所能忍受的極限。當痛楚達到這個階段個人的軀體奇異地竟會運用最適當的方式來應對而解決的方法即是昏迷但我很痛很痛卻仍沒有昏迷。

不斷延伸的字句，幾乎沒有標點的段落，既是一位病者昏睡與半醒間的內心夢囈，又像是一位哲人托着腮邊的喃喃獨白。倫日央眼前產生一刻暈眩，跌進陌生的語境滑了腳。是作者的基因譜圖出現了突變嗎？還是指紋受到破壞，被扭曲得模糊不清？總之，印刷在紙頁上的文字，根本無法讓他辨認出西西，也無法吻合他曾經讀過的西西作品一直以來的印象。西西去了哪裏？

帶着疑問，他一路看下去。讀一句，跳一句。讀一句，跳一句。他想起許多年前，跟老爸老媽出街的時候，經過屋邨樓下公園，經過商場大堂，小男孩總愛玩的那個遊戲：「淺階磚可以走，深階磚是地雷。見到深階磚，就要跳過去。踏中了，就會炸開，就會掉命。明白了嗎？」只有老爸會跟他進入充滿驚險的想像空間，走走跳跳，炸開，掉命，再走走跳跳。老媽始終在旁邊，任意踏着深淺不一的地面，肆無忌憚。她的天職，就是不停向樂極忘形的兩父子發出警告：「小心！別只顧玩，看人！」——讀一句，跳一句。讀一句，跳一句。

像個跳階磚的小男孩，倫日央有一句沒一句，斷斷續續讀翻過好幾頁有關疾病、細胞、治療、機能、死亡等等的篇幅。不能說明白，甚至愈讀愈糊塗，他感覺自己跟主人翁一起，掉進了錯亂繁雜的思維。可是，從字裏行間，有些東西竟然逐漸清晰起來。看似突變的基因譜圖，忽然間在他眼前扭轉、複疊、重組，拼湊成為一個似曾相識的組合。讀一句，跳一句。讀一句，跳一句。像個跳階磚的小男孩，不知不覺停在水窪面前，倫日央在這個段落面前駐足徘徊，從倒影之中窺探出表象。

——如果你是聽眾，我是敍述者，從第一句話開始，我在敍述一件事，我用第一人稱來向你敍述。你所了解的敍述者可是一位患上癌症最終死亡的病者？是的，敍述者的確是他，可是，並不完全是他，因為他在一開始就斷了氣，敍述的「我」，是與他共生的「物體」。

彷似是作者的自白，倫日央終於在這個可供停留的位置，看見作者多變的身影。簡單來說，靈活的敍述者有如靈活的讀者，同樣擅於躍跳。靈活的敍述者從一個角度跳到另一個角度，從一個文體跳到另一個文體，從一個寄主跳到另一個寄主，隨意往來，跨邊越界，不着痕跡。假如寫作從來都是不拘一格的勞動，偶爾改頭換面，套用別樣的文風，暫借另類的腔調，就不足為奇。倒模式的進路，與其說是對作者至合理的要求，不如說是讀者太懶惰的期望。讀得夠深，讀者總能在文字的底層遇上同一個靈魂。所謂解體的大意，在尾聲不斷延伸、沒有標點、與開首相互呼應的一段，應該可以找到端倪。

——有一種力在吸引我把我吸向不同的方向左上角的力吸去我左邊的一部分右下角的力吸去我右邊的一部分我的上上下下前前後後也是如此我不知道它們各別的歸宿只見它們隨風而逝我變得愈來愈細小也愈來愈微弱吸引力使我不再穩穩地懸浮自由飄動而是導我向一個特定的方向移去我感到如鳥的飛行如魚的潛泳我將到哪裏去大象或雛菊珊瑚或蠑螈你聽到冥河流水沉默的聲音嗎你聽見黑洞吸納旋轉的迴聲嗎我飛過田畦和溪澗我飄到郊外的山谷我看見遍地百合花我朝其中一個喇叭形的漏斗花瓣隧道一直飛去飛進去飛進去多麼長的隧道呵多麼綠多麼芬芳多麼溫柔。

文章迎來最後一個句點，敍述者的解體在他面前終告圓滿結束，倫日央內心有種解脱的感覺，像輕盈的蝴蝶消失在花蕊的深處，心頭沉沉的擔子終於卸下。擔子來自於讀得吃力的文章，成功感來自於有始有終。他明明十多個小時未有進食，饑餓不堪，卻感到另一個層次的飽足。生理和心靈二分切割的狀態，經常讓他困惑。

跳着讀，有一段沒一段總算讀完，折合總計四十五分鐘。時間在書頁之間，無聲無息中流逝。攤開來説，跟他平日的閱讀速度差不多。似乎他空乏的腸胃並未至於把他拖垮。「但外賣呢？」比原先預計的送遞時間遲了十五分鐘。他一想起還未送達的午餐，門鐘就響起來。

上一次是很不愉快的經驗，外賣不但遲了，還壓扁了飲品的包裝蓋，打翻飯盒的汁醬，餐點全數毀掉，他把糊作一團的外賣吃到中途怒火中燒，忍不住向平台的客戶服務投訴，領回兩張優惠券作為賠償，才勉強吞落剩下來的半盒外賣。難道不愉快的事情又來找上門？

門鐘再次響起。

「急什麼急？急的該是我！」倫日央把手中的書「啪」一聲擲下，氣沖沖走向大門，罵話都堆到嘴邊隨時候命，打開門卻是個坐輪椅的中年大叔。「不好意思，稍為延誤。這個屋苑設計簡直無腦，無障礙通道距離太遠。求求你，別給我負評。記得五星唷！」他遞上外賣袋，然後擰一下輪子便轉身過去，動作非常俐落。

說不上是最乾爽的送運，有點劇烈震盪後的跡象，粥水濺出來帶米粒黏在膠袋內側。倫日央抓住那袋比往常輕巧的外賣，卻動不了肝火。他從來沒有聽聞，或者從來沒有留意，原來外賣平台會考慮傭用傷健人士。就以他較熟悉的行業為例，他就不相信他工作的學校會傭用一位輪椅人士擔任教學助理，更遑論正規教師。上學期音樂科同事懷孕要請產假，正值最繁忙的月份，聽說管理層頗多微言，甚至有傳要想辦法讓同事難受。懷孕跟傷殘當然不是同一回事，但身體的狀況導致事業失利，絕不是罕見的事。剛才那位中年大叔的聘請條件及詳細待遇，倫日央當然不清楚跟健全人士有沒有差別。只是，他的外賣餐點由輪椅送來，着實讓他意想不到，有趣地添加了一份奇幻的重量。他想像外賣員騎着輪椅，接過訂單，從食肆的繁囂中出發，走進烈日當空下，在人來人往的窄道上突圍而出，一手滾着輪胎，一手定住餐袋，拐過一個又一個專屬的便利彎道，終於抵達他的家門，按下門鐘：叮噹——叮噹。稍微濺出的粥水，是絕對可以原諒的。倫日央拿起電話，進入應用程式，點按訂單紀錄，送出五顆星星，像是慶祝一場義舉，表揚一個不屈不撓、活出尊嚴的生命戰士。

至於那碗半暖的粟米粥，不夠十分鐘，便給他扒光了。

外賣的好處是無需事前準備，也沒有後顧之憂。落好訂單，食物送達，把全部心思放到進食的過程，吃完便完。老媽一定會表示強烈反對。「還不去把碗碟洗好？拖拖拉拉的。」從小，倫日央被訓練處理各種家務：小一是用雞毛掃，小二是摺衫，小三是換垃圾袋，小四是煲水，小五是洗碗。後來老爸走了，老媽要到外頭身兼數職，他便擔當更加吃重的角色。就是他最反叛的初中時期，他都不敢違命，總是乖乖完成指定家務，他才有膽走回自己的房間做自己想做的事。一旦稍有延誤，他總是繞不過老媽的嘮叨：「還不去把碗碟洗好？拖拖拉拉的。」好了，現在搬出來住，可以隨心所欲，沒有趕着洗的碗碟，沒有老媽的嘮叨，喜歡的話，他甚至可以一直叫外賣，一直叫下去。

這一刻，他絕對清楚當中的代價。

——《聖經》譯本之多，除了古本、欽定本，修訂本、新版本不斷出現，仍然充滿爭議。傳遞神的訊息、意旨，固然是沒完沒了的工作，直到地老天荒。而訊息、意旨本身，該如何理解，原來也人言人殊。若是由你來譯，你會譯成怎樣？

翻譯工作像做家務嗎？假如兩者有相通之處，或者在於兩者都是瑣碎、卻至關重要的勞動，對耐性和細緻的執著有極大的要求。說不定，西西跟他一樣，都是會做家務的人。倫日央午餐過後，竟然有讀下去的胃口，便不作他想，又拿起書來，從緊接〈解體〉的〈創世紀〉繼續。想不到原來西西對翻譯也有涉獵，更讓他意想不到，西西連聖經翻譯也感興趣。

倫日央工作的學校是由教會辦學，接觸信仰，聽聞基督教內容，不乏機會。經過兩年多的浸淫，聖詩透過學校中央系統不斷重播，達到耳濡目染的地步，其效果不比電視或電台的產品宣傳遜色。他發覺，這些聖詩已經穿越了好幾個年代，其實跟他在中學母校讀書時聽過的都差不多。當年他從來沒有留意歌詞內容，原來全部都栽在下意識裏面。某些旋律只要響起頭幾個音符，他絕對有信心續下去，哼幾句。至於基督教的特有詞彙、句式，諸如福音、感恩、拯救之類，雖未至於十成掌握，也總算有點印象。然而，毫不意外，他自己卻從未拿起過《聖經》來認真閱讀。找不到切入點，這是部分原因。感覺乏味沒趣，也許是藉口，也許才是至核心障礙。

正因如此，在這本書的下半部讀到西西談論《聖經》的專文，特別讓他驚訝。西西是個充滿好奇心的作者，在她筆下，任何事情都變得特別有趣似的。〈創世紀〉就以《聖經》首句句子説起。譬如説，由希伯來原文翻譯到英文、中文版本的逐字分析和比較，有關語法、詞序、標點、數量詞、連接詞等等，如何導致意思上的流失或重心轉移，影響讀者理解含義。不止於此，有關神的名字以及世界被造的細節，也叫倫日央愈讀愈感好奇，像發現了一片新天新地，急不及待要跳到裏面暢遊和發掘。

他很久沒有這種感覺。即是，對一種更深層的事物的追求。長期遊蕩在工作、電玩、病患、交租、地鐵、全焦、失眠、兩餸飯、外賣、上網、家務以及無數習以為常的物事之間，他幾近忘卻了生活中更重要的座標。說他身不由己，四週沒有引路的欄柵，其實說不過去。很明顯，他不是缺乏網路，他只是從來沒察覺自己的需要，或從來在否定自己的需要，直至突然一刻，他發現自己已經完全斷線，在虛無之中無止境地跌墮。

很想尋回，卻一路失落，無可挽回。

假如所謂座標，指的是一個信仰，他已經把信仰拉到一個可有可無的低位。「信個屁！我通通都有，活得好好的！」某個週末的酒精之夜，幾個朋友聊得興起，一時受到什麼刺激，丁宥亭很自豪地宣稱。大家此起彼落地附和一輪，夾雜着介乎粗鄙和詼諧之間的語氣助詞，倫日央把酒樽頂在嘴角，默不作聲。丁宥亭對他的影響力不至於這麼巨大，但的而且確，倫日央身邊基本上沒有人對這回事會認真看待。信仰之為信仰，不是很認真嚴肅的一回事嗎？看似不說自明的東西，倫日央卻不怎麼肯定。

他身邊基本上沒有人對這回事會認真看待，除了植杏同。

——看來，神是為人類而創造天地的。那麼，神為什麼要以人為中心創造天地萬物呢？神沒有說明。依夏蟲的愚見，神是藝術家，而且創造起來，式樣不同，多才多藝。只有藝術家才鍾情創作。不然的話，達文西何以要廢寢忘餐，造那麼多飛行的機器、貝多芬聾了還要作曲、梵高要畫無人買的畫，而普魯斯特要寫《追憶逝水年華》？創作是人生的意義。創作也是神生的意義？原來神創造人時，不但賦予人以神的形象和樣式，還注入了神的創造精神。

這樣的看法，能通過嚴謹的神學驗證嗎？神父、牧師會熱烈支持還是嚴厲駁斥？教會會視之為一種異端邪說的渲染嗎？倫日央有限的宗教經驗不容他有太廣泛的聯想。他只是在這段文字裏面，找到跟他連接的部分，繼而好奇，植杏同會對西西的看法有什麼看法？

他記得上一次上教堂，也是迄今唯一一次，就在幾個月前的聖誕節，應植杏同的邀請。出於禮貌，也出於他們初萌的情誼，他不忍心直接拒絕。「就試一次。感覺不對勁的話，沒有人能夠迫你再去。我保證。」植杏同托一托她透明的鏡框，用極誠摯的眼神，淺笑一下，向他提出承諾，然後倫日央便一生人頭一次踏進教堂的大門。想不到年近三十，仍然有新的嘗試。他以為自己老了，其實還很年輕，還有很多個第一次有待發掘。上教堂這回事，除了新鮮感，不能形容為不對勁。整體而言，那次聚會，甚至給他頗為正面的印象。道聽途説，無論是信徒與否，上教堂都是極盡磨人的差事，他以為是一面倒的極限挑戰，功能性的社交活動，給了面子便盡了人事，可以功成身退。然而，現實與傳説之間的距離，往往是他事前難以預想的。

先説音樂方面。可能是臨近聖誕節的關係，聚會用的樂曲，有種似曾相識的親切，就像節日特有的背景音色，從小到大，一直在他耳畔呢呢喃喃反覆播放着似的。這種音樂有種暖感，明明教堂玻璃窗外的洋紫荊樹葉搖着攝氏十七八度的冷風，他坐在教堂會眾席近出口的後排，卻放心把外套放在旁邊的空位置，填補長椅上的零零落落。這股富於安全感的暖意，要不源於室內恒溫系統，便一定是長笛伴着鋼琴奏出的旋律。樂聲飄揚，木製的長椅偶爾咿呀作響，地磚上四散的缺口剝落，鋪展着教堂悠長而樸實的光華，低調得很。倫日央環顧四周，斷定這個地方負擔不起一套現代化的室內恒溫系統。

——美哉小城／小伯利恆／你是何等清靜／無夢無驚／深深睡着／羣星悄然進行／在你漆黑的街衢／永遠的光昭啟／萬世希望／眾生憂驚／今宵集中於你

把視線收回來，他再次集中在聽覺之上，才意會小學時代已經聽過的歌，而且一聽難忘。他無法忘記，旋律中滲透的美麗與哀慟，是他當年幼小的心靈所能負荷最濃重的程度。那是一種莫名其妙的情懷：美麗，哀慟，不由分說。諷刺的是，一羣不識世情的學童，只會開這歌的玩笑，把凝煉的字粒當成笑柄：「未載兆星／燒巴匿痕……」歌詞跟旋律永遠不協調，隨處安插懶音，扭成滑稽的錯配，這是事實。每唱到「街衢」便靜音跳過，明明大家張開嘴巴，就模模糊糊的含混過去，像個漏風的口形，成為大家尷尬的集體回憶，這都是事實。但是，倫日央被字裏行間的意思暗暗打動，也是千真萬確的。小城。美哉。「**唸出聲，多像某位日本巨星。殿堂級，長活在傳說中那種。**」他不肯定教堂對於這類無聊玩笑，會否視為褻瀆，一不小心冒犯了神明，但是，對於這個，他是如此堅定相信：一座城稱得上美，不在於美輪美奂的外觀，不在於超卓的國際排名，不在於雄渾的個人生產力，不在於眾口一聲的唱和，也不在歌舞昇平的氣氛。美哉，源自於大地脈搏深處的平靜安穩，源自於橫街窄巷底層的謙卑樸實。他是如此堅定相信：面對漫無邊際的漆黑，暗中潛伏的驚恐，無處伸辯的憂愁，一座城的美，折射在幽微卻堅定、蘊藏永恆盼望的星光。

那個清早，指揮示意歌詠團坐下以後，在最後排的座席，倫日央就是被這個旋律間描繪的唯美景象，感動得突然淚盈滿眶。

「弟兄，主的靈在這刻要向你說話。」

守在出入口的兩位教會成員，一個湊近遞上紙巾，臉上陌生人的微笑如此溫柔，如此肯定，跟另一個牙縫間透出淺淺的語句一模一樣。

倫日央這下才忽然認出，植杏同的笑容，就正是從這裏學回來的。

怪不得有種親切，給他頗為正面的印象。他以為上教會就是這麼一回事。他以為信仰就是沒休息的話語，是一個接一個溫柔肯定的笑容，是長椅上讓人不捨得的逗留。他以為樂曲會一首接一首，永無止境的奏下去，而教堂裏散落四方的人，會一直唱下去，連水也不用多喝一口，連坐下來的意欲也沒有。但最後一組和弦終究在教堂的空氣間消散後，一片嚴肅在靜默間奪回主導。

輪到牧師講道環節。究竟是因為主講台麥克風設置的方向有誤，指向了音箱或其他引起干擾的機件，抑或是麥克風插座沒有扣緊，插孔藏了塵垢，導致漏電或靜電問題，產生過度的電流雜聲？總之，牧師一打開嘴巴，倫日央的雙耳即有發麻的感覺，就像有無數根利刺，衝着他的耳窩要扎進去。

他完全無辦法留心牧師宣講的內容。整個會場的氣氛，的確跟剛才的反差大得難以置信。彷彿從悠揚悅耳的古典音樂廳，他一下子被粗暴地拉到去低俗的遊戲機中心，重重包圍在電子嘈音的漩渦裏面，在噼靂啪喇的吵鬧中被擠壓被攻擊至不斷下沉。

牧師在講論什麼，他已經沒有任何概念。夾在不同波段的雜音之中，倫日央低下頭，合上眼，嘗試集中注意力。然而，即使拚盡了勁，眉頭都皺出了深坑，他勉強接收到的，充其量只有幾個沿用特定套路湊合而成的段落。當中包括——

1 引言：某對本地影視界藝人誕下雙胞胎的消息。牧師特別介紹藝人夫婦為雙胞胎起的中英文名字、其含義、其族譜來由、及其演化出的乳名。

2 承接：一個遠古時代繼承自原住維京人、轉到冰島民間流傳下來，關於人類的誕生與死亡的笑話，試圖點出生命短促的實況並虛幻的處境。

3 主線：牧師一段個人經歷，涉及大概十年前一宗意外，光天化日底下，行經旺角以東某條大街，有簷篷連石屎墜下，當場擊穿駛經的車輛貨斗，而他僅被碎石鎅傷，與死亡擦肩，安然倖存。

4 收結：連篇唸白，由會眾分左右兩邊，從投影機播放的簡報屏幕上，輪流讀出選自《聖經》不同書卷的篇幅。每讀完一段，牧師便作點題式籠統的總結，語帶權威，卻面容滑稽，嘗試説明一點放諸四海皆準的道理，像極毫不稱職的語文老師。

作為中文系本科生，倫日央習慣聆聽漫長的講課。漫長的講課對他來説從來不是問題，他原本就是對沉悶有相當頑抗力的人。冗長的講論不見得受歡迎，很多時候甚至會惹來反感，愈年輕的受眾愈受不了。但冗長的講論有時候是必須的。他明白，唯有孜孜不倦的推進，在漫無邊際的單調中探索，才有機會遇上智慧的閃光。如果比喻起來，就會像荒漠中一口蔽隱的井，或深洋中一頭有待發現的物種，那麼珍稀，叫人狂熱追尋。他最尊敬的大學講師、已屆退休之年的前副系主任陳教授，講課是出了名不賣弄花巧，一板一眼，只會長篇累牘的演講，但貫穿着旁徵博引的內容，排山倒海的辯釋，洋溢醉人的魅力。長達三、四個小時的聽課，雖然精神疲憊，但倫日央總不覺虛擲時光，反有無數智慧的顆粒供他撿拾，讓他滿載而歸，永不失望。

但牧師講道就是這麼一回事嗎？

假如聖壇上傳講的是救世的上主，是獨一的真神，是永恆生命之道，怎麼牧師要東拼西湊，把要傳講的道理說得像虛構的童話故事，還加插一兩個無關痛癢的笑話，放大自己的主觀經驗，使坐近後排的倫日央根本不敢相信，不能相信，這是認真而重要的時刻，是生死攸關的良言。對比之下，那輕浮的口吻，更像是哄騙小孩子的把戲。想到這裏，倫日央有被冒犯的惡感。

「就試一次。感覺不對勁的話，沒有人能夠迫你再去。我保證。」他多希望植杏同仍然記得她的承諾。

聚會結束後，他藉故有其他事情要辦，匆匆忙忙便跟植杏同道別，其實另有原因。假如把心底的想法照直跟她說，倫日央怕會使她尷尬。為這種事的緣故傷害他們的感情，不值得。不但在翌日，在往後的數天，幾個月過去，直到最近，他都儘量避免談及那次聚會。漸漸地有個隔閡成了形狀，像對方臉上一顆不方便提起的膿瘡。

植杏同最初不以為然，以為對方只是太忙，沒有空間回想當日的體驗。後來隔了一段日子，她的心開始忐忑起來，猜疑這不是善忘可以完滿解釋的真空，一定有其他難以啟齒的原因。「他是嫌棄我的信仰嗎？」植杏同自問是個不錯的女生，雖稱不上驚為天人的外表，卻有親和力的五官，加上性格上沒有明顯棱角，像她透明的眼鏡框，磊落而明淨，絕對可以成為個人賣點。但是至今從未擁有一段認真的戀愛關係，她有時會想，是否要怪罪於她對信仰的執著。夜深人靜的晚上，她有時也會胡思亂想。

——難道還未是時候嗎？

——難道是另有其人嗎？

——初次約會選在教堂，難道有問題嗎？

——難道要放棄某些堅持嗎？

太多問題連她自己都不會答的時候，她便放在心裏，放在她的祈禱裏，放在她熟睡的夢中，任其生成、發酵。

其實，他純粹視植杏同為工作上的夥伴，勉強也可算是頗熟絡的朋友，約會不約會，倫日央沒有能耐扯得那麼遠。他純粹從西西的文章，想到上一次參加教堂聚會的經驗，想到植杏同再度邀請他，復活節又到她教會坐一坐。他從沒有輕視過植杏同的信仰。他想到丁宥亭和他的老爸老媽一樣，除了自己以外什麼都不信，就這樣一世人。他想起自小到大從學校玩笑過的詩歌，不為意的一字一句，反過來烙印在記憶深處，隨時躍現思海。他想到植杏同與西西的共通點，也許是對信仰的熱衷，之不過異於表達方式。他想到自己在病倒的週六竟然思及信仰和人生的嚴肅話題，有股催動他要認真尋索的暗流在心底流瀉無從遏止。

他終於想到：明天四月九日，他二十九歲生日，公眾假期，正是復活節星期日。

「感覺不對勁的話，沒有人能夠迫你再去。我保證。」

植杏同的諾言仍然在他耳邊鏗鏘，但這刻不妨稍微放下。這回事，沒有誰勉強誰的。或者心甘情願再去一次也不是壞事，給雙方多一次機會，才好下結論，他想。拖了整整一個星期，臨近復活節前夕，是時候給植杏同正式回覆了。

* * *

食物在胃部需要的消化時間，視乎個別體質，因人而異。但一般而言，常識推斷，脂肪需要較多時間，蛋白質次之，動物性蛋白質起碼動輒五小時。澱粉類食物，例如燕麥、大豆、麵包之類，大概兩三小時便可以消化得七七八八。消化一本書，一堆文字，一個想法，卻無法作相同量化。至於倫日央的午餐，僅僅一碗米粥，分量不多，又不濃稠，轉過頭便沒了。他發現病情退卻之後，重拾的胃口比以往變得更大，食慾膨脹到塞滿他的心思。昨夜瀉掉的磅數，隨時準備好反彈歸回。雖然注定突破不了一百一十八磅至一百二十磅的體重，但他感覺好像即將要成為新造的人。

倫日央正猶疑究竟再叫外賣，既能裹腹，又能為送遞員的生計作點貢獻，抑或省點錢，開火煮個泡麪便算。大門突然轟開，丁宥亭挽着幾個購物膠袋，抽一口大氣，然後全部垂到門檻入面的區域。

「差不多連命都沒了嗎？」未等到提問，丁宥亭已經先聲奪人。「本來一早打算傍晚跟 Delilah 看套電影，再吃頓晚飯，好好慶祝我們拍拖二百天紀念，最後還是取消所有行程，趕回來買晚餐給你。還有命嗎？」他一口氣和盤托出。剛才幾袋東西，對每週到健身室的他來說，完全不花氣力。

「你怎知我……」倫日央側着頭，一時招架不來。

「哎呀，大哥！你的敏感腸胃不是出了名嗎？上次你肚瀉，整個人都散了，同樣是只回應兩個字：『好呀。』好什麼好，最後幾乎要把你送到醫院。每次愈裝作若無其事，事態便愈嚴重。一模一樣，來點新意吧。」大門關上後，幾個購物膠袋陸續被移送到飯桌上，都是他們慣常愛吃的食物。

「Delilah 竟然肯放你走？」他問的問題跟他瞧着的方向完全無關。倫日央已經被枱上的食物吸引着，像喪失了自主權的軀殼。

「正常來說，當然不肯。一定要用點辦法。」丁宥亭歪斜着笑容，充滿狡黠的自信，是他特殊魅力的組成部分。

「辦法？」

「輕鬆。隨便編個故事而已。就說你生日前夕跟人家表白，遭到拒絕，大受打擊，心碎到一塌糊塗，哭到要生要死，擔心你真的要出事，不得不趕回來救你。想起 Delilah 嚇傻的樣子，我又忍不住想笑出來。」蒜香雞槌向來是倫日央的最愛，丁宥亭特意為他多買兩份。他的好意，附帶着刻薄的乾澀笑聲，不是人人都受得了。

「看不出你的想像力也相當澎湃。無稽到這個地步，竟然有人相信……」未等及打開包裝盒，倫日央已經聞到炸雞套裝熟悉的蒜香。對食物急不及待的渴求，讓他有了比較方便的下台階。

「說句老實話，都快三十歲人，還未正正式式談過戀愛。連女生的手也未曾碰過，其他就更加不用說。你以為 Delilah 真的關心你的感情生活嗎？其實大家心底裏都可憐你，又怕傷害你的自尊心，只能在背後忍不住笑——」

「夠了。」倫日央衝上前，電光火石間，鼻尖差點頂到丁宥亭的下巴，十根手指同時向內抓，蠻猛得給手心挖出印痕，不經意用力過度，立即像泄了氣的氣球，錯置重心向後踏步，朝沙發那邊陷過去，險些撞向層架上丁宥亭最心愛的模型收藏。

除了掛牆上時鐘及他們胸臆間無中斷的節奏，三百多尺的居所裏面，近乎沒有任何聲音。兩個男人，抿着嘴，讓沉默迅速包起所有突如其來的暴烈情緒。

「嗯……幹嘛這麼大火氣？」定過神以後，丁宥亭伸出手，想把對方扶起來，又想拍拍對方的肩膊，稍為表示歉意，卻當頭受到冷待。倫日央把視線躲避到手心紊亂的坑紋裏面，從中閱讀自己潛意識中的憤怒，也許還在揣摩剛才刺耳的戲言。「腹瀉後遺症嗎？病後連半個笑話都受不了。別要小氣啦。來吃件雞槌，蒜香味，專為你而買，不是不要吧？」自以為幽默的人，愛把笑話說到盡頭，不放過每個展示的時機。

喘氣的聲音漸漸褪下，被拆卸包裝物料的聲音蓋過。然後，嚼食的聲音也漸漸蓋過時間的流逝。兩個男人，除了把雞塊、薯角、壽司、啤酒，一口接一口吞下去，什麼話都沒有再說。兩個人在絕對的沉默裏共同進餐，其實是件令人膽戰心驚的事情。沉默裏有太多不為人知的想法無聲飄過。丁宥亭偶爾瞟過去，見到倫日央的神態，像一個人，經歷過很大的劫難，又像一個人，剛做完一場艱澀的夢。

飯桌上的食物包裝都翻遍、清空以後，它們就被棄在那裏，化成形狀各異的符號，猶如一堆無人認領的過期說話。填滿了肚腹的他們若無其事，擺好遊戲機裝置，像往常留家的週末一樣，把遙控掣插妥，認真調校各式各樣的系統設定，各自盤踞梳化左右兩側，兩雙眼睛緊盯着電視熒幕，準備好，便一股腦兒跳進那個不用多言的虛擬世界。

電視遊戲種類繁多，無論是足球、賽車、抑或射擊遊戲，各自有各自的特殊音效，就算不是電玩發燒友，閉上眼睛一聽就能認出。每一次的喧鬧和碰擊，連同每一次的命中和逃逸，混雜起來，合奏出浮躁而龐大的響聲，正好為他們提供恰到好處的耳鳴。丁宥亭以為對方康復過後，最需要的除了是食物，便是幾小時的娛樂，補償一整天精神上的損失。倫日央以為自己語氣重了，對方被自己粗魯的舉止冒犯，要借助無傷大雅的電玩回合，化干戈為玉帛，保住一段友情。假如有第三人在場，也許會有其他可能。然而，他們只能夠抱持自己以為對的想法，直至時間無聲無息溜走，直至牆上的掛鐘響起凌晨零時的鐘聲。

「是時候停了。我明天早上要出門口，」像收到鐘聲提示，倫日央首先發言，「明天星期日，復活節，我約好植杏同，上她的教會坐一坐。」

「呃，是嗎？」丁宥亭直覺以為自己聽錯了，頓一下，才搞清楚，倫日央說的是教會，不是家裏。「好特別的生日節目。喔，那早點上牀休息吧。」他知道時間已到了半夜，倫日央身體未回復十足狀態，便把其餘調侃的說話壓下去，規矩地結束對話。

他們一個關掉視訊系統，把電玩裝置放回原位，一個將飯桌上的剩餘物料一把掃進大膠袋。兩個人的動作有着同居室友應有的默契，在三百多尺的空間展示，像劇場內日復日排練後陸續成形的演出。窗外的天空已經黑了好些時候，間中還有住戶的電視熒幕射出彩光，浮游在窗玻璃上，前幾天圓滿的月亮開始靠側缺出一彎殘影，他們全沒有察覺。

「喂，十二點了，」走到睡房前，倫日央轉過頭，忽然想到了關鍵。「蛋糕呢？」

「以為你病壞了沒有為意，」丁宥亭從冰櫃取出今晚第三罐啤酒，應該是最後一罐了，一口氣吞去半罐，才肯稍稍交待。「剛才趕回來，又買晚餐，炸雞呀、壽司呀，又買生日蛋糕，心急，想抄小路，怎料撞上個坐輪椅的，全車是外賣袋，想讓他，反而自己差錯腳，顧得住左手的晚餐，右手的蛋糕卻丟到路邊，整個塌掉。怪自己倒霉好了。」

「輪椅——外賣？」

「連一聲道歉都沒有，轉眼已經飈走了。趕去死似的。」剩下半罐冰啤酒落到丁宥亭的肚子，稍有降火作用。「算了吧，反正有沒有蛋糕，都要變爛，變老。廿九歲，老啦，生日快樂。」

「爛？哪夠你爛？」要數的話，丁宥亭令人討厭的地方實在多的是。以倫日央的標準，雖說不上大奸大惡，但丁宥亭的行事為人，跟他是完全相反的價值取向，基本上沒有借鏡的地方。然而，命運把他們放置於同一屋簷下，他便漸漸發現對方溫良可愛、不為人知的一面。

至於那位輪椅外賣員，大概跟丁宥亭、跟倫日央差不多，都有相似的地方。

「一日未到三十，我都不會認老。」倫日央補回一句，聽上去，有點像個宣言，其實也像個生日祈願。總之，倫日央把話說完以後，便把房門關上。歲月點滴累積，細碎無聲，然後出其不意，在某個瞬間發出有力的衝擊。時針才剛剛從零時起步，倫日央要開始適應二十九歲的味道。距離三十歲又近了一點。前面有什麼在等他呢？他回想起昨日的每個片段，在腦海內細碎無聲，既平凡又奇幻。在未來與過去之間，就在踏入二十九歲的一刻，他前後徘徊，彷彿在無限延長的時間軸上，突然剖開一線縫隙，讓他好奇，讓他驚訝，讓他沉迷。隔壁的電視聲經已靜掉，天空的漆黑想一枝獨秀，月亮上的彎影暗自擴張。倫日央在他的牀鋪裏面，假如一路夢下去，也許他真的永遠不會老。

4月9日 星期日

炒麪・對象・重生

初生孩子第一眼與世界接觸，腦海裏面究竟在想什麼？所有尚未命名的顏色，黑與白之間，游移在由淺到深的寬闊光譜，冷暖不一的色調，又是蠢蠢欲動的靜止，又是不動聲色的微顫，頃刻間，全部聚焦在他首次曝光的視網膜之上，究竟是怎樣的一回事？

墜落在蒲公英毛巔上的原子彈。

倫日央走經馬路旁邊的樹蔭，陽光被隔濾的瞬間，腳下的野生植物順着氣流一抖動，他心裏突然升起一股恍如重生的感覺，像個初生的孩子。

可惜他完全忘記了當時的情況，廿九年前的今日。同樣，從來沒有人成功從初生的孩子口中探出：第一眼與世界接觸，腦海裏面究竟在想什麼？毫無經驗之下，沉浸在五光十色的盛宴當中，究竟是怎樣的一回事？

然而，星期日清早的此刻，慢步尋常路階之中，一切竟然披上嶄新的色澤。只不過是一天的時間，身體不適讓他困在家中，事過境遷，再一次與外面的世界接軌，他感覺到處洋溢着飽滿的新鮮感。太多顏色向他招手，太多聲音他彷若從未聽聞，太多氣味要湧進他的神經。故事，他幾乎指望聆聽一草一木的每個故事。這種奇怪的反應，可以說是前所未有。甚至疫情初期，被迫長時間留家隔離以後，再次走到街上的感覺，也是截然不同，劇烈程度遠遜今次。他搞不清，這墜落心頭的巨力，到底是病癒以後合乎病理的正常副作用，或是後幽閉的心理反撲機制，或是踏入廿九歲自然不過的階段性領悟。這種感觀層面的多重衝擊引爆，這種全然陌生的體會，他無法理解。抑或，這是復活節主日神蹟般的超驗啟示，其來有自，卻無跡可尋。在信的人是有福的：絕地的死亡，徹底的重生。他無法理解。

他卻可以理解，臨時爽約的決定，是植杏同迫不得已之下做的決定——

「非常抱歉，日央，今早的約會要取消了！昨天傍晚，父親突然心口作痛，本來以為是天氣悶熱的緣故，怎料後來情況沒有改善，反倒變得更糟。我們情急之下，唯有叫救護車把父親送入醫院。今早的復活主日聚會，我相當重視，極希望能與你一起出席。還打算可以安頓好父親之後，立即趕過來跟你會合，但醫院候診人數實在太多，就算是急症室的緊急輪候也快不了多少。等到現在，終於見了醫生，但仍有很多手尾需要跟進，總的來說，還未能放心。要臨時取消我也萬分無奈，只能夠期望你的諒解。再一次讓我說聲：非常抱歉！」

收到口訊的時候，丁宥亭仍然在被鋪間不省人事，倫日央洗過了澡，挑好了襯衫，正準備出門口，只差頭髮還未梳整定型。

失望嗎？少不免失望，大部分原因卻跟錯過復活節聚會無關。把口訊的內容重播三遍，連同自己的心情，完整消化好以後，他用最得體的口吻，給植杏同回了口訊。他寄了過去，才擔心自己口齒不夠伶俐，或者有欠真誠，卻不知道，植杏同聽過他的回覆後，隨即在醫院病房外的板凳上，掉下了兩行眼淚，持續了好一陣子。

既然約會有了變卦，那麼，擺在倫日央的面前，只剩下一個問題：該把頭髮的梳整定型好好完成嗎？換句話說，該自己一個走到教會，跟一羣陌生人慶祝他尚未理解的復活節嗎？他想起上一次出席中學同學婚宴，趕在開席前抵達場地，在接待處匆匆放低禮金，立即喜氣洋洋奔往舞台上擺滿攝影儀器前面的新人，以為自己趕得上拍照留念的尾班車。正要伸出手恭賀，才發現沒有一張他認識的臉孔。舞台背景釘着的四隻大字是「何曾聯婚」。他的舊同學羅老闆卻在隔壁的海景廳，正發表感人肺腑的致謝辭，完成以後，侍應便會奉上乳豬拼盤。結果，倫日央連禮金都沒有取回便打道回府。

植杏同不在，單人匹馬衝上去？他絕對不願意重溫那次極尷尬的收場。更好的主意應該是出去吃一頓豐富早餐。趁時間還早，找個更好的選擇。趁還有選擇。現實生活制肘太多，可以選擇的空間有限。人大了，他對此有更深刻的體會。環顧四周，他發現曾經視為理所當然的選擇權，一個接一個離他遠去。廿九歲，難道正如丁宥亭所言，畢竟是老了嗎？他還是想矢口否認。趁他仍在熟睡中，早一步出門，免得受他的挖苦。倫日央在腦海組織對話，像策劃一宗逃亡大計。趁還有選擇。況且，自從週五晚餐回家後，已經超過三十小時憋在家中，要休息都休息過，要清心寡欲都清心寡欲夠。不想多困一天，就出去走走。

出去找點吃的，出去找點看的。不失為慶祝廿九歲生日的好開始。

就是在找早餐店的當兒，倫日央瞥見樹蔭下的野生蒲公英，讓他突然感覺自己像個初生的孩子。漫天光線，讓他如夢似幻，許多來自這數天的片段，紛紛落入他的眼前。他像乘上一條沒有航道的船，沿着隨意吹散的風，不由自主地晃蕩。他以為引領他的是自己的腳步，誰不知他竟放心讓自己在虛緲的光影中漂流。最後，他停泊在鄰區街市熟食小店的門前，吃炒麵、豬腸粉的那檔口。上一次光顧炒麵跟豬腸粉是什麼時候，他已經沒有印象，聽上去幾乎像是很多個世紀以前的古物。毫無疑問，這時代是屬於以咖啡、貝果、班尼迪克蛋、窩夫、牛油果作為代表的時代。自詡會吃的，都會按捺不住，把垂涎欲滴的照片定時放到網絡之上，當成是現代身分的認證。倫日央身邊許多同輩，年約二十三十的男男女女，都是潮流的俘虜。他慶幸自己吃過炒麵、豬腸粉，還隱約記得麻醬、甜醬、芝麻混合而成的獨特風味。

* * *

雖是民間俗食，炒麵也有高低之分。

要做上佳的豉油王炒麵，秘訣是有的。先把油煮滾，倒入韭黃、洋蔥，爆香。至於銀芽，落鑊併炒容易出水，必須事前另備，分開炒起。灒些許黃酒，將芽菜的青味辟除，然後隔走多餘水分，才放回鑊內。輪到主角。麵底講究，多用蛋麵，貪其蛋香。沸水，預早灼熟麵條到七至八分，期間事必用筷子將麵撥散，讓麵條受熱均勻，以免生熟軟硬不一。撈起麵條，放涼，讓其濕氣徹底吹乾。麵條乾爽，拿去炒才得理想口感。把麵條放到配料一起混炒，加入醬油，另放適量黃糖、蠔油、蝦油或麻油，按個人口味，以提鮮香。用筷子代替鑊鏟，不斷炒鬆麵條，確保麵條表面夠熱夠香，汁料炒得均勻，令每條麵條都帶上色澤。切忌過分撥弄，以致麵條折碎，影響口感。失敗的作品，一是炒得太肥膩，二是麵條炒得不夠乾身，三是麵條炒得太鹹太焦，蓋過醬油淡淡的甜香。

倫日央問起有關炒麵的心得，老闆娘一口氣就說出一堆心法。他幽閉了一整天，急着要找個陌生人聊，證明自己經已從夢中折回現實，重生的愉悅觸手可及。老闆娘的口吻同樣興奮，似乎也在檔口幽閉了一段時間。再過十年時間，甚至五年、兩年，還有年青人吃炒麵做早餐嗎？區區一碟炒麵，也會不為世所容，跟其他東西一樣成為時代推展的犧牲品，被輾碎，被燒焦嗎？誰也說不準。外人聽上去，他們只是好像兩母子閒話家常，母親把爐灶上的衣缽，趁完全被人嫌棄前，傳授給僅存的接班人。

——豬腸粉呢？有什麼竅門？

——豬腸粉看上去簡單，不過是一條接一條的白色條狀小點，其實製作更考人。有些工夫不能言傳，你信嗎？算啦。再講下去，你也不會明白。

——可能吧。

——要加碗白粥落肚嗎？

——白粥？

——清清腸胃也好。

——不了。昨天已經吃過，還加了粟米。

——這裏的白粥最要家，又香又綿，不吃是你走寶。哎，見你斯斯文文，又問東問西，做盛行的？

——我？我在學校工作。

——教書就教書，說什麼在學校工作？隱隱晦晦。你這個身型，風大點就吹走，難道學校請你做校工搬枱搬櫈麼？

教學助理與正式教員之間的巨大分別，倫日央擔心老闆娘不會明白，愈解釋愈糊塗，只好笑一下不作反駁。做豬腸粉的竅門無從得知，他其實半點不介懷。反正他暫時沒有打算轉行。反正毋須竅門，豬腸粉特有的滑溜新鮮，他照樣可以親口品嚐，不假外求。老闆娘千叮萬囑，竹簽上沾滿的麻醬甜醬也別放過，他就連碟邊最後一粒芝麻都刮走，細嚼，吞掉。不一樣的週日清晨，他樂見早餐圓滿結束。

「教書辛苦呀，今時今日，」老闆娘無意打開話題，純粹把感歎放呼出來，就把倫日央本來要掏出錢包的手止住。「孩子不容易教。又上網，又拍拖，又課外活動，還要讀書，幾十樣事情圍住他們，沒完沒了。哪似我們小時候。現在生活複雜得多，壓力大，煩到死。隨時要生要死。」

「還可以的。」怎麼老闆娘一副感同身受，他暗忖。的而且確，上學年又多幾個高中生退學，聽聞輔導組助理手上的個案以倍數增長。作為教學助理，根據日常觀察，當今中學學生非常不容易做，跟教學助理一樣，各有苦處。

「我自己養大三個，怎會不清楚？」早市黃金時段，狹窄的小店未有座無虛席的排場，卻總算有街坊熟客撐場。老闆娘忙一下又歇一下，轉過頭把對話嘗試再拉長一點，像她手中正加工的豬腸粉，在斷裂的邊沿持續延伸。「前年大女結婚，上年二女終於出身，𡃁女也入了大學，托賴。捱多幾年吧，捱多幾年就有望退休。等全部成家立室，最好三十歲前全部嫁人，舖頭就可以光榮結業，我便享享清福。」

倫日央想起自己的老媽，跟眼前的老闆娘，差不多年紀，也許同樣走了丈夫。老闆娘獨力撐住小店，老媽獨力撐住沒有小店要經營的生活。自己則距離三十尚有整整一年，跟老闆娘三位千金理論上算是同輩。假如老媽心底有着同樣的寄望，大概她注定要失望了，倫日央想。

「有女朋友嗎？這個年代，好的女生好難找吧？」倫日央突然心慌：老闆娘不是要把自己的女兒向他介紹吧？剛才分享炒麵心法，難道是她找女婿的精心部署？一頓早餐竟然換來一段姻緣，不是便利得帶點欺詐成分吧？他連對方的外表和為人都沒有概念，究竟說的是二千金還是三千金，他還未搞清楚。人家常說，感情要來的時候，怎樣擋也擋不住，或者就是這個意思。「問個問題就發呆的樣子，你沒有事吧？想打我幾個女兒主意，你誤會太深了？老闆娘我，雖然讀書少，如今孤家寡人，但不代表我是隨隨便便的人。今時今日外面班小鮮肉，連煮兩味都怕熱怕辛苦，連鑊鏟都拿不穩，連糖呀鹽呀生粉都不會分，別指望嘗我的女婿！」劈啪兩聲，老闆娘把蒸豬腸粉的盤子一閤一托，臉頰上的油光，閃耀着一種自力更生的光輝。「哎吔，一講到爐灶活兒就粗聲粗氣，真失禮。剛才說到哪裏？我的意思是，學校圈子窄，難認識女生。到外面找，品流複雜，隨便找，找着個好食懶飛、貪慕虛榮的，最後等於自討苦吃，抱憾終生呀。這個年代，好的女生好難找吧？」她說，原本帶點激動，沒多久換成了憐憫。

這個年代，好的女生好難找吧？

再次接過問題，他還是無法反應。他有多久沒想過這個問題？或者說，他是幾時開始喪失了思考這個問題的動力？不排除其中一個可能：是高中時代暗戀過、每早晨乘搭相同班次巴士車廂的鄰校女生，暑假以後對方突然不再出現開始？另一個可能：是自從搬出來跟丁宥亭共享一個屋簷，學習承受各種來自生活的磨蝕和重擔，不知不覺被無邊無際的孤獨感吞沒，漸漸滋生了被生活重擊而不敢還手的慣性開始？他很久沒想過這個問題了。

這個年代，好的女生好難找吧？

實情是，好的女生從未絕跡。很難說舉目皆是，但總是有。然而，怎樣才算得上是好的女生？說的是外表還是氣質，學歷還是收入，家世還是身材，廚藝還是見識，生養還是原則——就是沒有定義，就是主觀意願的好，不一而足的好，人人言殊的好，百美千嬌各有各好。所以，重點不在於好的女生無處可尋：這個年代，好的女生從未缺席，難找，是因為欠缺慧眼去找吧？

倫日央反躬自問。自己的雙眼，即使賞析過多少愛情文學篇章，瀏覽過資訊媒體上海量影像，究竟幾多次在現實生活中視而不見，那個近在咫尺的女生。然後，倫日央把問題翻過去，像處理鐵板上一塊半熟的食材：就算竟然遇上了，讓她走進了瞳仁，自己配得上那位好的女生嗎？假如對方也有一把尺，量到自己身上，那自己算是異性眼中好的男生嗎？稍高於平均值？僅僅合格？還是被納入大數據中的低端人口而懵然不知？此時此刻，「這個年代，好的女生好難找吧？」這道問題懸在他的眼前，就像一雙筷子懸在他的眼前，愈舉愈不輕鬆，沉重得加了鉛塊一般，才猛然發現，原來用來握筷子的手，一直以來都錯了指法。有這樣一個片段閃過：倫日央還很小的時候，每次老爸發現他把筷子握錯，都用迅雷不及掩耳的速度，重重的打在他手上。「就是各有去路，都要把筷子好好的拿。」他從來不明白兩件事之間有什麼關聯，有什麼重要性值得執著，老爸如此在意，為的是什麼緣故。他只是把這個片段記住了，成為老爸留給他的少數深刻回憶之一。

「好啦，別垂頭喪氣的樣子了，年青人。話說回來，其實除了我三個女兒，外面選擇還是蠻多的，別失望唷。」老闆娘見倫日央一臉迷惘可憐，便繼續把話說下去，讓人不禁思疑，她下面要說的究竟是憑空創作的故事，還是真有其事。「就昨天傍晚，那個女生又過來買炒麪和白粥。我逗着說：『星期六放假，幹嘛不出去見見朋友，找點高級些花俏些的東西來吃吖？』她一臉正經：『炒麪是買給爸爸的。爸爸打電話來，想要吃炒麪。白粥是買給朋友的。朋友病了，我想他需要一碗粥。』這個女生，間中就過來光顧我的店子，推斷是附近街坊，掛着透明膠框的眼鏡，帶點傻氣，特別易認。照我看，她脫下眼鏡的樣子，頗清秀的，配上及肩的頭髮，其實很可愛，」老闆娘忽然咪起嘴，卻沒有絲毫尷尬的意思。「勉強比得上我年青的時候！」

倫日央腦海中浮起一個女生的名字：植杏同。他漫無目的，不知不覺難道竟然晃到了她所居住的區域？或者是潛意識中他仍在念着星期日早上與她本來有的約會？只是，他幾敢肯定，自己由始至終沒有將自己病了一整天的事告訴她。他還未有時間弄個究竟，老闆娘便又接着道：「每次都走餐具，很着重環保似的，這個女生。有次不小心在外賣袋放了木筷子，她竟然由家中折返，為的是把那雙木筷子還給我，怕浪費。這種女生，往壞裏說，就是有點奇怪固執。往好裏說，就是對萬事萬物都很有愛的那種人。」

「那碗白粥是買給我的嗎？她怎知道我病了？」儘管老闆娘繼續繪形繪聲，倫日央開始全部聽不進去，只有滿腦子不解。

「奇怪在，昨天傍晚，她買了外賣後，不到半個小時，突然又出現在她居所樓下，正在我店子對面不遠處。還以為錯給她筷子，又要勞煩她專程送回來，居然轉頭有輛救護車駛進對面馬路，停泊在她面前。接着，她回過身，從大堂裏面扶出一位頭髮半白的早老男子，一步一步扶出來。九成九是她父親，被送上救護車。一輪擾攘後沒多久，對面行人路附近的人車清空了，我也到了收舖的時候。」

時間單一滑行，世間千百萬人，卻以毫無重複的形態，過着平行而不同的生活——其中有人被自己的腸胃背叛，等待重修舊好的時刻，一面從文學中暫借養分，一面在思緒的荒原上讓自己放疆奔馳；有人習慣在聲色犬馬中樂極忘形，卻因為突如其來的需要，便叫兒女私情讓位給義氣江湖，頭也不回；有人彷彿永遠在暗處守望人間，隨時臨危受命，隨時忘卻自己單薄柔脆的兩肩，只為多救一個鄰近的對象——全都在昨天星期六傍晚的時候同步上演。

如今，在他踏入二十九歲的早晨，倫日央在植家的對面馬路，有一搭沒一搭地憑空想像：究竟植杏同從哪裏找來氣力，扶起她踏入暮年、心臟虛疲的父親？究竟她外賣的那碗白粥，最後給了誰，又落得怎樣的下場？既然沒有親口查問，究竟她又是如何得知他的病況？對於他最為關注的最尾那個疑問，倫日央用盡力想像，仍然沒有頭緒。他也許永遠不會知道真相——是的，他並沒有直接向植杏同透露過他的不適。他憑什麼身分，竟敢在工餘時間，硬推自己的不幸要對方分擔？是的，他沒有任何身分，她也沒有什麼責任。只是，在趕回去的路上，丁宥亭成功甩開了 Delilah 以後，在快餐店等炸雞外賣的五分鐘之內，就那麼不經意地，在網上社交平台發了個貼文，稍為抒發自己的毛躁的情緒，配上自拍的側面照，夾了兩個比較粗鄙的字眼，還附上倫日央的名字做標籤。

就是這個標籤，植杏同滑手機知道了。

網絡上的互動千絲萬縷，誰能瞭如指掌？任他怎樣想像，倫日央怎會預估到自己的生活碎片，經過數碼的轉化，穿過無形的網絡，最後竟然彈落在植杏同柔軟的心上？那碗白粥，以及其上綿密的漣漪，都是為他而泛開的。蒙在鼓裏的倫日央，即管可以把一切當成是命運的巧合安排。

假如植杏同父親沒有胸口作痛？

假如植杏同趕得及多傳一個短訊？

假如植杏同沒有滑手機看見標籤？

假如植杏同的家不在白粥店對面？

假如植杏同從來沒有遇上倫日央？

如今，倫日央定在店門外面，呆望對面馬路的植家，像被隔阻於生活種種真象的門外。二十九歲了，他彷彿終於蘇醒過來。

仍然在醫院裏面的植杏同終於稍為放心。不是說父親的情況立即得到改善，像復活節的黎明迎來一個驚人神蹟。但是，經過一整晚的煎熬，從救護車到急症室，再從急症室到病房，超過十個小時憂心的等候，寥寥一起句子可以簡單交代的事件，放到現實的當下，便是近乎無窮無盡的煎熬，只有當事人才能徹底體會。香港公立醫院常有人滿之患是出了名的。聽說，急症室的人各有奇難雜症，彷徨無助；然而，排隊行列中有不少人，很不容易輪到了，才被告知情況不夠危急，沒資格留院，要拖着問題的身軀自行回家，自生自滅。所以，能夠從病房外的冷板凳，終於進駐病房牀邊的塑膠椅子，植杏同的心總算是定了一半。

父親的情況嚴重，符合留院資格，值得高興嗎？想着這個弔詭的問題，她幾乎整晚沒有睡過。等到父親安頓好，植杏同終於撐不住眼皮，極速進入深層休眠模式。但不消一會，巡房醫生忽然到臨，她立刻從昏睡中擘開發亮的雙眼好像從未疲倦過。完成檢查，問診，講解，不過五分鐘的程序，醫生風一般趕到下個驛站。大部分病理細節她都無能力充分掌握，唯有做個她熟悉的回應：祈禱。交托她篤信的上主，讓父親和自己都能夠安心。幾粒藥丸很快便產生效果，這邊廂父親詳和入睡，那邊廂植杏同撐着眼皮逐字輸入：「……要臨時取消我也萬分無奈，只能夠期望你的諒解。再一次讓我說聲：非常抱歉！」對倫日央有個交代，她一向都不是沒頭沒尾的人。

一口空氣，一口咖啡，植杏同此刻很需要的兩樣東西，她都可以自己出去找。其實，她還需要一個肩膀。在病房外的板凳上，她深呼吸，呷下冒煙的咖啡，吐出濃郁的歎息。大堂的冷氣一向調得比較冷，讓人慣性有種麻木的傾向。手機在口袋震了震，她趕緊多呷幾口咖啡，然後把杯置於旁邊，冷不防是來自倫日央的回覆，見字如見人，一時鬆懈，強忍多時的眼淚，馬上打開閥門一樣，痛快地沿着臉頰滾下來。錯過主日聚會，也錯過再次把倫日央帶到教會的時機，她都沒有哭。但父親總算死裏逃生，在復活節的早晨。

事到如今，家中飯桌上那碗外賣白粥，應該放涼了，變餿了。用不着，但不要緊，她想。然後一股龐大的倦意隨同頭殼頂上的冷風席捲而至，她立即昏睡過去，讓所有人事暫時擱置一旁。直到當值的護士經過，發現翻瀉遍地的咖啡，輕聲囑咐女工清潔，把地上濺開的淩亂稍為聚攏，不忍把板凳上的她叫醒。

* * *

街上的陽光稍微調節角度，溫婉地挨在他頭殼髮界所在那邊，把那邊的頭髮蓋上一層閃光的鐵銅。他剛吃過早餐，其他人已經一早投入日常勞動。趁路上的行人未多，清道夫帶着掃帚把掉到路上的落葉、連同煙蒂、紙巾，以及其他零碎的棄置物品，一一送到少人踏足的邊陲，容後移除。倫日央漫無目的地走。與其說是欣賞四周的街景，倒不如說，他放空了眼目，其實並沒有焦點，只是任由斑斕的眾生填滿視野。他的心神？他在想起粥舖老闆娘的勞動身影，想起店子樸實的裝潢，想起舌上的味道，卻想不起如何把炒麵炮製得又乾又爽的細節。他在想起老闆娘的絮語。昨晚那碗白粥，真是為他而設，只可惜最後失諸交臂，是嗎？他甚至有股衝動，想撲回去老闆娘的店，馬上從悶熱的灶頭買走一碗，親自跑送到植杏同府上，以求一個驗證。就是這碗白粥嗎？可是，植杏同的短訊已經說得很清楚：她爸爸留院的情況，仍有很多手尾需要跟進，這刻她根本沒可能已經回家。

街道在晨間的微光中漸次長成，變成喧鬧的孩子。他的腳把他領到地鐵站如穴的入口。倫日央突然想起：那麼，她對上一次在線是幾時？

如果知道植杏同最近的在線時間，起碼，他可以有想像的憑據，估計對方是否安好。可是，對方紀錄上沒有任何顯示。唯一的顯示，是來自董平楷的訊息：

「長話短說。早兩日中三測驗試卷事件，你差點闖出了大禍，最後總算及時補救，勉強過關，沒有拖垮測驗安排，算你走運。但事情畢竟傳了出去，其他科組同事都略有聽聞，甚至個別羣組開始有說話回傳到我這邊來。日央，嘴巴是人家的，要愈描愈黑，我們都控制不了，你明白嗎？假如有說話傳到校長耳中，後果隨時可大可小。他要是向我問起你的表現，特別提起這件事，你想我怎樣說好？學期尾的考績，你又想我怎樣寫？我希望到時有原因讓我有最合適的回應。既然說起，呀，順帶一提，剛好明天有份中一測驗試卷要給同事傳閱，但最近有點事，未有時間處理。其實簡單到不得了，中一程度，找些現成的，東拼西湊，再改頭換面一下，不消幾下工夫就完成。你明白嗎？很簡單。帶罪立功的機會不會常常有，有些人就是永遠不能把握。不知你有什麼想法？放心，無壓力的。有空的話，明早前完成好電郵過來便行。就這麼簡單。」

那把尖幼卻洪亮的聲音，在倫日央的耳際具體地轟過。科主任轉彎抹角，但用意很顯然，分明要強行霸佔他非工作天的時間。倫日央肯定，就算董平楷知道今天是他的生日，仍是會提出同樣的無理要求，因為對方的路數——外表上領導超羣，面面俱圓，骨子裏卻是卸責怕事，機關算盡——倫日央在過去共事的日子，已經多次領教過。他冗長的說詞，無非是想放大倫日央的無心之失，製造罪疚感，然後借故利用，作為長期投資累積資本的把柄，順便拿個便宜。

但他決定不吃這套，起碼不在他二十九歲的生日。

訊息被讀取的標示，會清楚出現在對方的流動裝置，可是他有一個前所未有的想法：即管擱下不理。行人電梯把倫日央送往穴的深處，密封空間產生的侷促感愈變龐大，鐵路列車即將會命定一般，把耳朵可承受的分貝限制推到高峰。人潮鼎沸，喧鬧的聲音四面迫至，但他心內的聲音依然嘹亮：即管擱下不理。即管把上司橫蠻的手段，以堅決的無視作為對抗。冒着所有的風險，即管把所有試圖惡意轄制的勢力，拒之門外。

廣播聲效中，列車的閘門關上，把部分乘客擋在外面任其鼓譟，卻把車廂內的乘客壓縮成親密的方塊。閘門兩頭是兩個世界，兩堆人羣彼此凝望，然後在瞬間加速的車廂中彼此告別。這一刻，假如車廂內，任何人突然打出一個噴嚏，病菌由一個寄主逃逸，要找尋另一個寄主滋長，繁衍，絕對是輕而易舉。在擁擠的車廂中，無盡的想法擴散，以一種隱秘的形式傳開，如同病菌朝下一個潛在目標招手。假如他也曾受制於一種病——倫日央在行進中的列車上想——假如他一直受制於一種嚴重的病菌，有如讓他一直腹瀉的不知名惡菌，趁廿九歲的嶄新開始，他好應該不惜一切，狠心把病拔除。這必然是他能夠給自己最好的禮物，慶祝他的重生。脱掉曾經纏累他的惡疾，在生活各個死胡同以外，找一條通往真正自由的大道。是的，就從此處開始。車廂中，對董平楷的訊息擱下不理。

他不相信萬物有靈，但列車這樣一擺，把他的重心突然換轉，整個人挫了一下，彷彿是上天對他的決定一個明確的點頭。很多年前，倫日央也曾經試過，學着人家的虔誠，為不知所措的心事嘗試祈禱，求一個兆頭。他用盡他能夠用的言語，卻總是得不到回應，於是結論自己不是清心的材料，欠缺有求必應的牙力，從此就再不願意相信祈禱。有時候，相反地，沒有祈求，卻偏偏得到清清楚楚的答覆。這當中有沒有邏輯，他無法弄明。他發覺，雖說人逐年長大，其實太多事無法弄明。就正如早幾天，四月的一個尋常上班日，他明明見着車廂中有電子板顯示：「本港著名作家西西今早心臟衰竭辭世，終年八十三歲」，事後返到教員室，跟某位中文科老師提起，才猛然醒過來：西西不是上年年底已經過世了嗎？大家還慨歎，想不到二零二二年一路苦澀，走到最後，還要送別一位重量級作家。那電光火石之際，究竟是列車廣告板一次技術上的罕見錯誤，抑或是他自己潛意識投射出來的錯覺？現實與想像之間的多重複合，死與生兩者的互為扣連，當中有沒有邏輯，他到底無法弄明。

列車再拐個彎，人堆往另一個方向一推，先是鐵軌的咆哮，再傳來眾搭客喉間極沉的悶哼。一連串帶點滑稽的聲畫，他都沒有閒暇接收。之後，是幾下電子迴路的微顫，他倒是感覺分明。滋、滋滋——

「做夢也想不到……」

倫日央盯着對方的上線時間。極平常的細節，卻像是盯着一片從海洋深處剛冒升的新大陸一樣。

「還以為你不在線，正補眠，或忙着爸爸的事……」

「你知道全部的事了嗎？」

「全部？不肯定。但是，我知道了，你爸爸，以及那碗粥。」

「涼透了，放在我家枱上，可惜無法讓一位朋友及時吞下。」

「謝謝你。我已經好了。」

「那就太好了。」

「謝謝你，一直都在。」

自從登上列車，直到現在，爬過幾多個車站，三個？四個？倫日央都沒有留意。正如他沒有留意自己在哪邊的月台上車，也沒有留意上車後，人羣漲退換過幾多張臉，更沒有留意，列車早就到過尾站，重新啟動，循相反方向行駛，已經好一段距離。

「在外面嗎？」

「星期日，病過後，想出去走走。」

「沒有我，自己上教堂？」

「還是等你，下次吧。」

「一定。」

「吃完早餐，行行逛逛，不知不覺便走進地鐵車廂。」

「是嗎？」

「自然反應一樣，奇怪得很。」

「可能是某種力量，把你吸引過來。」

「可能吧，剛才連站都沒留意。哈，猜猜我下個站是？」

「不用猜。我知道。」

「什麼？」

「剛才一直呆望上面的顯示板，目不轉睛，沒事嗎？」

「你怎知道？」

「向後看看。」

不是上班日的星期天早上，車廂還是擠滿人。人，女和男，傭工和主管，單身和已婚，肉食和茹素，患病和健康，有信仰和無信仰，懷緬過去和憧憬未來，充滿故事的人。人，構成這個城市的散聚悲喜。倫日央突然想起，就幾天前，他們不也是同樣在地鐵車廂中碰上？茫茫人海之中，僅隔幾個身位，一個站着，一個坐着。怎麼忽爾間像隔了個天荒地老？植杏同還是那個植杏同，倫日央呢？還是那個倫日央。但彷彿大家都有了不同。

「回家嗎？」

「徹夜奔波，整個人都快垮了。此刻什麼地方都不想去，只想立即回去睡一覺。」

「只弄手機，怎麼不小睡片刻？」

「車廂太嘈雜，老是睡不着。你知道睏極又睡不了的難受嗎？」

「怪不得教堂都不去了。」

「沒辦法。」

「送你一程吖。」

訊息傳了過去，倫日央向那邊瞧，爬越中間好幾個身影。植杏同低頭回着文字，表情藏在額前的留海底下。

「兩個站而已，反正回家的路我會走。」

「讓我送你一程，好嗎？」重複帶有力量，植杏同透過電話屏幕都感受得到。她瞧過去，穿過中間重重身影的頑固阻擋，接連到倫日央期待的眼神。

「你也有要去的地方，不是嗎？」

「既然給我們遇上，就讓我陪你走一段回家的路。」

「謝謝你，倫日央。」

「謝謝你，植杏同。」

有些人說過的話，聽的當下無足掛齒，後來某個時候，突然從記憶的角落蹦出，裏面蘊含的分量，才終於真正釋放，老遠肇始的那句說話，才告正式滿全。譬如說，老爸生前常掛在嘴邊「人生的常態，就是各有去路」。是的，各有去路。但他開始明白，也許，老爸沒說出口的，亦包括走在一起。先能走在一起，才能各走各路。也許，這並不是老爸的原意。可是，他這樣理解，那位小六的時候便離開了他的老爸，應該會很滿意。未曾各有去路，怎能珍惜走在一起，沒有病患的陰霾，怎能有復原的狂喜，無法擁抱波折的歷程，怎能感謝舒坦的際遇？這個踏入新一頁的星期日，倫日央像獲得了重生。

「嗨。」

在閘門關上之前，他們擠過密集的人堆，成功趕及踏上月台。閘門在他們的背後關上，啲啲嗒嗒的警告訊號褪去，一把熟悉的聲音傳來，終於沒有手機屏幕的隔阻。

「生日快樂。」

故事總得有一句起頭。故事的結尾，也必終於一句。這是無論如何都擺脫不了的定律。可是，借人家的老話，所謂結尾，又往往不過是另一個開始，那麼，這個故事，在哪裏找他的尾句呢？

——與其為着構思完美的句首而糾結，徒勞無功，倒不如把想法如實寫出來，直接了當。

他們一邊步離月台，找路往出口前行，他的腦海突然浮現手機記事本錄下的句子。幾天前寫下的文字，那麼平凡，又那麼了不起，仍然讓他顧盼自豪：在咔嚓嚓的列車聲響下，在回憶構建的進行曲下，在他噗通噗通的心跳聲下，宛如一個恰如其份的收結，穩妥紮實，預備成為另一段故事的開始。

* * *

後記　走下去的勇氣和善意

二零二三年，社會從後疫症時代走上復常之路，我給自己定目標：趁四十歲開頭，寫篇小說。從二零二三年二月起，每日寫至少四百字，我利用工餘時間，一步一步，踏實而刻苦踐行，最後在二零二三年十月抵達終點——你眼前的《倫日央的三十前書》。

作為一種嘗試，這部作品希望選取近距離的身位，以三十歲為分界線，透過微觀鏡片，察看生活在今天的香港我城，究竟是怎樣的一個處境。

在創作的日子中，我屢次聯想到喬哀斯的《尤利西斯》以及普魯斯特的《追憶逝水年華》，這些作品的企圖、結構與題旨，都寬宏得叫人望塵莫及。我亦多次聯想到村上春樹的《聽風的歌》以及沙林傑的《麥田捕手》，這些作品裏面初發的隨意與輕盈，讓我想像他們當日卑微的起點。

一下子把這些文學巨匠抖出來，好像很大口氣，要跟大師攀比，是嗎？絕無其事。事實上，正正相反，我不得不擺出唯有謙卑的姿態。我們都無可避免，走在他們已經走過的境地，在他們撒過種、翻過泥的範圍內，仿效他們，繼續在無邊無際的田園上默默耕耘。

他們已經說過的故事，假如把場景換置成今日香港，道出芸芸眾生中一個小人物的心路歷程，壓縮在三天的生活之內，效果會如何？這個中篇小說有對家庭、回憶、愛情、社會、生死、信仰等元素的思考，對於有同樣思考的讀者，尤其是二十至三十來歲的羣組來說，應該會有所共鳴。

作品中亦有提及本地作家西西。她擅於運用平白的文字，在看似尋常的生活中，提煉出極富想像和深度的材料。西西逝世差不多滿兩年，這部中篇也可視為一種遙遠的致敬。

雖說一直積極文字創作，但《倫日央的三十前書》是我對中篇小說這個類型的首次嘗試。有別於其他類型，小說創作講求耐力，需要長時間的孤注投入。對於有全職工作的我來說，外人視作多此一舉的苦差，我卻視作一種心甘情願的操練。

你眼前的文字，的而且確，是要逐個逐個敲出來的：有些是在上下班途中的公共交通工具，有些是在人來人往的咖啡店和食肆；週末要趁孩子睡醒前，趕緊多敲幾個句子，至於多數孩子清醒的時分，唯有一邊跟他們嬉戲，一邊在腦海中構思句子；有時候這天疏懶，或者那天遇上瓶頸，舉步維艱，翌日便要硬着頭皮，務求雙倍奉還；很多時候，在經過一整天工作的磨蝕，到晚上最後一件事，還是要把之前的故事尾巴續寫下去，文字敲着敲着，便昏睡過去。

從二零二三年二月開展的旅程，到二零二三年十月的某天，竟然走到終點，百感交集，一時間說不出什麼。約莫八萬字的初稿完成了，我卻沒有把握，有沒有人看見它出版的價值，但我願意放手一試。我衷心感謝突破出版社伍詠慈，對這部中篇小說的肯定，見到它的意義，讓這部作品有機會遇見廣大讀者。實體書種出版經營日難，願意把資源投放在一個沒有名氣的作者身上，當中的勇氣和善意，都是這個時代必須欣賞和珍惜的美德。非常感謝編輯卓希雪，一路上的鼓勵和引導，在各方面展現專業精神，亦感謝設計部及市場營運同工的辛勞付出，好使這部不無瑕疵的作品，能夠以它最完滿恰切的姿態示人。

柏堅和我只有一面之緣，卻再次送上推薦序，那是愛書及人的明證。他在文字山水間徜徉經年，閱書無數，視野遼闊，眼光精闢。單是讓他過目這本小書，足以讓我深感榮幸。

前獨立書店 Hiding Place 店主 Gabriel 是這部作品的首個讀者。他熟知我的文字，全因他多次是我書寫的直接對象。我也熟知他睿智的回應和具體的同行。他扼要地在深處點出閱讀角度，以客觀的筆觸推薦這部小說，彷彿沒有把我們深厚的情誼計算在內，一切來得心照不宣。選在那個日子寫成推薦序，足見他別緻的心思。

小說書寫往往被當作個人成就。然而，個人的基礎在於羣體，猶如虛構的底細源於現實。風箏不斷線，這是吳冠中的說法。我的線連繫的地方，必有他們的身影：愛妻的勞動讓我有勞動的空間，我們的付出彼此補足，這是二人比一人好的豐饒滋味，我竟然有幸每天品嚐。兩個孩子到了學會咬文嚼字的年齡，還時常好奇爸爸在敲什麼句子，故意逗我。字面意思他們可以讀可以猜，但底層的迂迴還是距離他們有點遙遠。他們不過是小學未畢業的孩子。等到有天，輪到他們徘徊於三十面前，我願意從書架摘下舊書，讓他們讀讀這個故事，又聽聽他們的故事，陪他們多走一段。母親年歲漸長，但她年青時不經意播下的種子，到今天在我的生命中，依然生效，我終生銘記。沒有他們，便沒有這個書寫的我。在此，我衷心一併道出感謝，縱使小說中屬於他們的身影，或許別人都不清楚。

書印好，你也應該已經把小說讀完，是時候把下面最後的這番話相告。當日我對自己許諾：假如《倫日央的三十前書》有出版的機會，遇上知音讀者，我願意未來在小說創作的路上，繼續探索，實踐，再進一步。這是我對自己的期望。我衷心希望，這部小說能夠為這個時代，留下同代人需要的文字和信息。是的，能夠讓讀者感到某種共鳴，繼而有在我城走下去的勇氣和善意，將會是我衷心的願望。

願榮光歸主，願平安歸人。天佑我城。

二零二四年七月五日

九龍樂富，獅子山下